**DER GESUNDE
MENSCHEN
VERSAND**

Jens Nielsen
Flusspferd im Frauenbad

edition
spoken
script

Kleine Erzählungen

18

Jens Nielsen

Flusspferd im Frauenbad

edition spoken script 18
2. Auflage, 2017
© 2016 Der gesunde Menschenversand,
Luzern. Alle Rechte vorbehalten

ISBN 978-3-03853-018-3

Lektorat
Liliane Studer

Herausgeber
Matthias Burki
Ursina Greuel
Daniel Rothenbühler

Gestaltung
hofmann.to

Druck
Pustet, Regensburg

Herzlichen Dank für die Unterstützung an:

AARGAUER
KURATORIUM

www.menschenversand.ch

Der Autor dankt der Landis & Gyr Stiftung und dem BAK für die Unterstützung.

- 8 Faustregel
- 10 Doktorspiele
- 12 Luxus
- 14 Vorwärtskommen
- 16 Vorhersagen
- 18 Mein Credo
- 20 An meiner Schulter
- 22 Korrekturen
- 24 Gehorsam
- 26 Nichts Wichtiges
- 28 Interview
- 30 Transparenz
- 32 Lebenserwartung
- 34 Sichtverhältnisse
- 36 Garderobe
- 38 Dressur
- 40 Winter
- 42 Verspätung
- 44 Die Bestellung
- 46 Zwischenfall
- 48 Tatsachen über Wasser
- 50 Das Hündchen
- 54 Lebenslauf
- 56 Trennkost
- 58 Tramfahren
- 60 Verkaufsgespräch
- 62 Crashkurs Wirtschaft
- 64 Selbstverwirklichung
- 66 Möglichkeiten
- 68 Zusammenleben

70	Krimi	136	Erinnerung
72	Bewerbung	138	Jahrmarkt
74	Romanze	140	Am Finanzplatz
76	Kochkurs	142	Mein Befund
78	Scheidungsgründe	144	Doku-Soap
80	Misserfolg	146	Dezember
82	Liftboy	148	Weihnachten
84	Im Restaurant	150	Kita
87	Globalisierung	152	Guter Vorsatz
90	Prophezeichnung	154	Meine Schwester
96	Entwicklung	156	Mein Tier
98	Mobiliar	158	Gastfreundschaft
100	Ratschlag	160	Berichterstattung
102	Partielle Offenbarung	162	Monokultur
104	Tauchgang	164	Vogelschutz
106	Vermischte Meldung	166	Der Waldrapp
108	Mitmachen und trennen	168	Sehnsucht
110	Autosport	170	Nahrungskette
112	Namen	172	Der Storch
114	Karma	174	Verpasste Ziele
116	Kastanien	177	Piercing II
118	Retrospektive		
120	Motorik		
122	Reportage		
124	Frühförderung		
126	Apéro riche		
128	Die Kassenfrau		
130	Seemannsgarn		
132	Überwachung		
134	Eine meiner Schwächen		

Faustregel

Am Anfang stellt man vielleicht eine Faustregel auf
Man sagt sie laute so
Immer der Tag in den man hineinerwacht ist der richtige Tag
Man ist gestern zu Bett gegangen
Es war Dienstag
Heute früh erwacht man
Es ist wieder Dienstag
Normalerweise wäre man verunsichert
Sollte es nicht Mittwoch sein
Dank der Regel aber weiß man
Braucht sich keine Sorgen machen
Man steht in Ruhe auf
Geht in die Küche
Begrüßt die Kinder wenn man welche hat
Die Lebensabschnittspartnerin
Man isst das Frühstück so wie gestern
Alles sieht gleich aus
Dasselbe geschieht
Und man fühlt sich irgendwie
So ist das eben
Und der nächste Tag schon Donnerstag
Während der Mittwoch ist
Nun ja
Er ist vielleicht nicht vorgekommen
In dieser Woche fehlt der Mittwoch

Vielleicht ist er in einem Käfig eingesperrt
So trinkt man donnerstags den Kaffee gleich wie dienstags
Genießt vielleicht den Augenblick
Wer weiß sind eines Morgens alle Tage eingesperrt
So denkt man sich
Dann wird es Herbst
Bevor der Frühling angefangen hat

Doktorspiele

Heute gehen wir zu Fuß zur Arbeit
So könnte man sich eines Morgens sagen
Weil es uns gut geht
Auf dem Weg dahin noch schnell zum Arzt
Wir möchten ihm zeigen wie gut es uns geht
Wir betreten eine Praxis
Gehen ohne Warten in ein Sprechzimmer
Wir sagen Hallo Frau
Der Arzt ist eine Ärztin
Das ist Zufall
Aber immerhin
Hallo Frau Doktor
Uns geht es gut
Schauen Sie nur
Und wir öffnen unser Hemd wenn sie es will
Oder wir entkleiden uns nach ihrer Anleitung
Doch sie will uns nicht mit offenem Hemd
Und sie gibt uns keine Anleitung
Sie wirkt teilnahmslos
Vielleicht zweifelt sie an unserer Gesundheit
Wir versuchen sie zu überzeugen
Sehen Sie
Wir zeigen uns von vorne und von hinten
Alles ist gesund
Hier die Kniekehlen

Sie glänzen
Und auch innen
Und wir öffnen uns
Damit Frau Doktor unser Inneres
Schauen Sie das Herz
Es schlägt
Die Leber
Der Kastanienwald
Ist alles da
Da lenkt sie ein
Jaja sagt sie
Es stimmt
Von mir aus
Sie sind ganz gesund
Und sie entlässt uns mit Attest
Damit gehen wir ins Büro
Voller Stolz
Und sind von unserer Arbeit überzeugt

Luxus

Letzten Winter
Als ich an einem schönen Ort zu Gast war
Zog ich am Morgen einen Bademantel an
Der für mich bereit hing
Und ging darin herum
So also fühlen sich die Menschen
Dachte ich
Die am Morgen nicht gleich ihre Straßenkleider anziehen
Wie ich es immer schon getan
Sondern einen Bademantel
Sie gehen durch das Haus
Setzen sich an den Küchentisch
Schauen aus dem Fenster
Trinken Kaffee
Machen Frühstück
Blättern eine Zeitung durch
Solche Menschen wissen wie man feiert
Sie feiern mit dem Tragen eines Bademantels eine
    Zwischenzeit
Weil das Leben wartet mit dem Überfall auf sie
Solange sie ihn tragen
Der Bademantel verlängert den nächtlichen Waffenstillstand
Denn die Haut
Als Hüterin unseres Inneren
Als Verteidigerin

Gegen alles was an uns heran will kaum sind wir
 aufgestanden
Diese Haut hat Pause
Solange ein Bademantel sie umgibt
Und die Menschen die ihn morgens tragen
So wusste ich jetzt
Erleben etwas
Was sie in keinem anderen Kleidungsstück erleben können
Die Illusion
Dass die Grausamkeit des Lebens
Auch die eigene
Auch die gegen sich selbst
Dass alles Grausame verloren hat

Vorwärtskommen

Soll ich heute große Schritte machen
Ja
Mit großen Schritten gehe ich meinem Ziel entgegen
Jeder Schritt ist ein Spagat
Mein Arbeitsweg besteht aus einer langen Reihe von Spagaten
Dazu werfe ich bei jedem Schritt die Arme in die Höhe
Aber ganz
Unten der Spagat und oben Hampelmann
Das sieht erfolgreich aus
Ich bin ein Großer
Das Gesicht bewege ich auch
Meine Mimik ist so groß wie möglich
Guten Tag rufe ich im Büro
Mit weit aufgerissenem Mund
Falls ich jemand bin der im Büro arbeitet
Ruft mich jemand an antworte ich laut
Hallo guten Morgen brülle ich ins Telefon
Sodass es alle hören
Meine Stimme ist gewaltig
Sie passt zu meiner allgemeinen neuen Größe
Ich arbeite mit voller Kraft
Wild entschlossen kaufe ich alles ein
Falls ich ein Einkäufer bin
Wenn ich im Verkauf arbeite werde ich alles los und mit Gewinn

Mittags gehe ich im Spagatschritt ins Büro vom Chef
Die Arme in der Höhe wie ein Star
Ich brauche mehr Gehalt
Das rufe ich laut
Und zwar bedeutend mehr
Zweihunderttausend
Oder ich kündige sofort
So verliere ich meine Stelle
Tja
Schluchzend und mit Trippelschritten gehe ich nach Hause
Wo mich meine Riesenfreundin tröstend in den Arm nimmt

Vorhersagen

Das Wetter früh am Morgen in der Wohnung
Es ist ein anderes als draußen
Wird aber vom Wetter außen mit beeinflusst
Ist es draußen Winter
Hat auch die Wohnung etwas Winterliches
Man kann den Unterschied vergrößern mit der Heizung
Oder kleiner machen
Indem man ein Fenster öffnet
Im Frühjahr kann man Erde in die Zimmer tragen
Bäume pflanzen
Gras
Auch ein Apfel auf dem Tisch bringt etwas Klima in die Wohnung
Oder Kopfsalat
Die Dusche kann man so umleiten
Dass sie in der Wohnung von der Decke regnet
Im Büro
Im Speisezimmer
Oh es regnet kann man sagen bei der Arbeit
Beim Dessert
Und einen Schirm aufspannen
Schnee ist etwas komplizierter
Damit es in der Wohnung schneit
Müsste man die unbeliebten Schneekanonen installieren
Sie schneien wirksam jede Wohnung zu

Man könnte einen Schneemann machen
Langlaufen auf kurzen Strecken
Die Tannenbäume die man angepflanzt hat wären auch
　verschneit
Es würde sich vielleicht ein Reh ansiedeln
Oder Füchse
Man würde warme Kleider tragen
Eine Mütze
Und der Kühlschrank könnte offen stehen
Ganz ohne Verlust

Mein Credo

Ich weiß nicht wie es Ihnen geht
Aber ich muss hin und wieder meine Kampfkraft üben
Dazu setze ich mein Gebiss ein
Ich beiße kräftig zu
Ich beiße zum Beispiel den Zahnarzt
Ich beiße die Verwandten
Ich beiße wahllos ins Gemüse in der Migros-Filiale
Ich gehe sonntags in die Kirche
Und ich beiße in das Kirchengesangbuch
Oder ich zerbeiße das Lied das gesungen wird
Sagen wir der Pfarrer hat Ehre sei Gott in der Höhe
    angestimmt
Die Gemeinde stimmt mit ein
Auch ich singe eine Strophe oder zwei mit Inbrunst
Dann aber reiße ich die Blätter mit dem Lied heraus
Und ich stopfe sie mir in den Mund
Ich zermalme dieses Lied und singe dabei weiter
Nur versteht man nicht mehr was ich singe
Ehre sei Wer in der Höhe
Dann schlucke ich das Lied hinunter
Oder spucke aus wenn das Papier verdorben ist
So ernähre ich mich sorgfältig während des Trainings
Auch ein Stück Zahnarzt habe ich gegessen
Seither fehlt ihm etwas Finger
Durch die Beißübungen werde ich ruhig

Mir wird bewusst
Ich bin jederzeit zum Kampf bereit
Wenn ich meiner Kampfkraft wieder sicher bin
Besinne ich mich
Erinnere mein Credo
Gegen die Gewalt
Und nehme zähneknirschend teil an einem Friedensmarsch

An meiner Schulter

Es gibt eine Kuh
Sie kennt mich
Wenn es Abend wird
Steht sie plötzlich hinter mir
Und legt mir ihren Kopf
Genauer ihren Kiefer auf die Schulter
Dann hält sie still
Ich merke ihren Pelz an meiner Wange
Ihren ruhigen Atem als Geräusch
So stehen wir da
Der Rest von mir weiß andere Geschichten
Aber kaum eine ist so gut wie die
In meinem Leben gefällt mir das Schreiben mit dem
    Bleistift
Auch der Regen ist nicht schlecht
Wenn er langsam fällt
So langsam dass er stillsteht in der Luft
Oder in die Gegenrichtung
Wieder hochfliegt mit dem Wind
Der nicht recht weiß wohin
Sonntage sind schwierig
Da hat es oft kein Salz und keine Eier
Ich sage mir auf einem Frühstückstisch muss auch ein Ei sein
Etwas Salz
Jaja

Es gibt das Mindeste
Es gibt den Mangel
Der treibt auch an das kennt man
Viele meiner Freunde haben Eier
Haben Salz
Ich beneide sie nicht
Bin aber gerne dort zu Gast

Korrekturen

Heute Morgen Seesterne erwähnen
Von Seesternen sagen wie sie sind
Woher sie kommen
Und warum sie nicht am Himmel stehen wie die andern
Die leichte Antwort ist
Sie sind gefallen
Manchmal ist die leichte Antwort richtig
Aber stimmt sie hier
Oder sind die Sterne aufgestiegen
Dass am Anfang alle Sterne noch im Wasser waren
Doch das könnte sein
Das Meer war voll damit
Dann sagten sich die ersten
Wir probieren etwas aus
Wir tauchen auf
Wir lernen brennen
Bilden Firmament
Es begann die Hektik
Sagen wir es war so
Alles war einmal im Wasser
Sterne
Elefanten
Ameisen
Doch mit der Zeit ist einiges gegangen
Schiefgegangen

Seesterne wanderten an Land wie eine Streitmacht
Gründeten die ersten Reiche
Während Elefanten in den Himmel flogen
Sich zu Sternbildern gruppierten
Ein Fehler nach dem anderen
Wahnsinnige Ameisen bauten Straßen zu den Sternen
Um sich zu vergöttern
Später fiel alles herunter
Fing von vorne an
In Varianten
Ordnete sich so wie wir es heute kennen
Wie wir meinen es sei immer schon gewesen
Aber stimmt nicht
Manch ein Seestern weiß noch
Und erinnert sich an Zeiten
Als er Teil war von Orion

Gehorsam

Müssen wir den Anweisungen strikte folgen die uns das
    Leben gibt
Wenn uns das Leben etwa sagt
Leg dich auf den Boden flach
Das Gesicht nach unten
Singe nichts
Sollte man das tun
Oder gerade nicht
Stattdessen stehen bleiben
Aufrecht
Mit dem Blick am Horizont
Und etwas summen
Beides kann das Rechte sein
Sagen wir das Leben gibt uns heute Morgen diese Anweisung
So
Steh auf
Zieh die Sonntagskleider an
Schau dich nicht mehr um
Häng die Wohnungstür aus den Angeln
Trag sie an den Fluss
Tauf die Tür auf den Namen Schiff
Wirf sie ins Wasser
Spring auf und lass dich treiben
Bleib 40 Tage auf dem Wasser
Wenn es dich langweilt trag den Fischen etwas vor

Wenn es windet halt dich an der Klinke fest
Ansonsten schweig
Sollte man das alles tun
Oder das Gegenteil
Die Wohnungstür verriegeln
Die Fläche der Wohnung noch einmal berechnen
In Quadratfüßen
Vielleicht bemerken dass sie kleiner wurde
Später in der Badewanne sitzen
Ohne Wasser
An jemand denken die es einmal gab
Und wenn es draußen windet
Ohren zu
Gehorchen oder nicht
Beides kann es sein

Nichts Wichtiges

Wenn man eine Weile lang am Leben ist
Fällt etwas auf
Die Liste der Dinge die man nie gemacht hat
Sie wird länger
Badewannen aus dem Fenster geworfen
Schwäne verprügelt
Im Kino auf dem Kopf gesessen
Die Bäume in Peru gezählt
Ehre sei Gott ohne Fehler gesungen
Alles nie gemacht
Man hat noch nie eine ganze Zeitung gegessen
Versucht in ein Brot hineinzukriechen
Wenn eines groß genug wäre
Würde man es tun
Es aber zu bestellen in der Bäckerei
Ein Brot so groß wie eine Couch
Das wird man nie
Man bereut das an sich selbst
Zunehmend
Dass man nichts Wichtiges anpackt im Leben
Währenddessen gibt es immer noch mehr Dinge die man
    nie gemacht
Wellenreiten auf allen Wellen
Das kann man gar nicht einholen
Weil es immer noch mehr Wellen gibt

So wird die Liste der Dinge die man gemacht hat
Im Verhältnis zur Liste der Dinge die man nicht gemacht hat
Immer kürzer
Wenn man lange genug leben würde
Hätte man irgendwann fast gar nichts gemacht
Deshalb geht man lieber eines Tages
Damit man nicht so tatenlos zurückbleibt

Interview

Von allen Berufen die es nicht gibt
Welchen möchten Sie ausüben
Aha
Ahm
Ich wäre gern der Reiter der das Glück der anderen bringt
Selbst bräuchte ich keines
Ich hätte deren Glück auf meinem Ritt
Solange ich unterwegs wäre zu andern
Das genügte mir
Dazu muss man wissen
Man reitet sicher mit dem Glück der andern
Der Wald ist still
Wenn man ein fremdes Glück hindurch trägt auf dem Pferd
Obwohl er seine Drohungen wahrmachen könnte
Die bösen Hasen wollen immer Blut
Die Wölfe schauen mir genauestens hinterher
Die gifttriefenden Vögel
Aber nichts bewegt sich
Auch die Bäume schauen still herab
Wie auf ein erstes Kind
Nachdem jahrelang niemand ein Kind gesehen hat
So schaut alles auf das Glück mit dem ich reite
Der Wald weiß nicht wohin ich eile
Vielleicht zu einem Schloss
Vielleicht zu einer Hütte

Vielleicht bringe ich es zurück
Adressat unbekannt
Oder Annahme verweigert
Mein Lohn wäre klein
Aber ausreichend
Möchten Sie sonst noch etwas wissen

Transparenz

Es gibt Tage da besteht alles aus Glas
Straßen
Häuser
Strommasten
Wald
Auch die Äpfel
Die Apfelbäume
Und die Schnecken
Der Boden wäre vielleicht Erde
Die Luft wäre die Luft
Aber alles andere aus Glas
Der Weizen auf dem Feld
Er wird geerntet von Bauern aus Glas
Auf Glastraktoren
Alles zerbricht
Der Bauer zerbricht
Der Weizen zerbricht
Die Spreu vom Weizen zu trennen
Es geht nicht
Alles ist Spreu
Der Bauer ist Spreu
Der Mähdrescher
Das Korn aus Glas wird zu Glasmehl zerrieben
Endet als Brot
Das Brot glitzert in der Bäckerei

Eine gläserne Kundin wartet dort
Die Bäckerin aus Glas will fragen was es sein darf
Hat aber keine Stimme
Sie steht einfach da
Durchsichtig
Und von der Kundin keine Antwort
Die Kühe übrigens sind auch aus Glas
Sie zerspringen auf der Weide
Schon vorher
Schon im Stall zerspringen sie
Beim Melken
Und die Milch aus Glas
Zerbricht im Eimer
Alles klirrt
An solchen Tagen geht man vorsichtig durchs Leben
Wenn überhaupt

Lebenserwartung

Ich schaue früh am Morgen aus dem Fenster
Schaue gegenüber in ein Haus
Ein Mann sitzt dort am Küchentisch
Zerfällt
Seine Fingernägel fallen ab
Er formt sie zu zwei Sternen auf dem Tisch
Er schaut sie an
Auf die Sterne fallen seine Augenwimpern
Fallen seine Lider
Seine Nasenflügel
Der Mann steht auf
Öffnet den Kühlschrank
Darin liegen seine Füße
Sie sind gestern abgefallen
Sie liegen neben Fleisch
Neben Gemüse
Und ich sehe durch das Fenster
Hinten in der Ecke seines Kühlschranks sitzt ein
    blauer Vogel
Er zwitschert leise
Der Mann lässt die Tür vom Kühlschrank offen stehen
Vielleicht damit der Vogel fliegen kann
Wenn er es will
Aber er will nicht
Er wohnt da drin

Der Tag wird größer
Da geht der Mann nach draußen
Mit seinen Fußprothesen
Er geht vor seinem Haus herum
Er tritt auf seine Ohren
Die auf den Gehsteig fielen
Er bewegt die Arme
Als die abgefallen sind
Dreht er sich plötzlich um
Schaut hoch zu meinem Fenster
Lacht
Ich kann seine Zahnlücken sehen
Vielleicht spreche ich ihn an
Wenn ich nachher aus dem Haus gehe
Ich werde ihn fragen
Wer sind Sie

Sichtverhältnisse

Gestern war der Supermarkt besucht von Hasen
Die Kunden gingen durch die Gänge
Mit Einkaufswagen oder Körben
Langten nach dem Salz
Der Milch
Der Antifaltencreme
Aber alle Kunden waren Hasen
Geistesgegenwärtig dachte ich
Das sind nicht Hasen
Das sind Einbildungen
Ich stellte meinen Einkaufskorb zu Boden
Hoppelte aus dem Supermarkt
Fraß unterwegs ein wenig Gras am Straßenrand
Hoppelte in eine Apotheke
Und sagte zu der Apothekerin
Die mich fragte wie sie dienen könne
Hallo Frau
Ich hätte gerne von allen Tabletten je eine
Und ein Glas Wasser
Bitte schnell
Die Frau war freundlich
Ich weiß noch wie sie aussah
Sie fragte mich was mir denn fehle
Ich sehe Hasen sagte ich
Alle Menschen haben große Ohren und ein Fell

Auch die Straßenfeger
Auch Sie sind ein Hase schöne Frau
Die Frau stand da
Lächelte mich an
Fiel nach hinten auf den Rücken wie ein Brett
Und blieb liegen mitten auf dem Apothekenboden
Aha
Dachte ich
Auch das bedeutet etwas
Aber was

Garderobe

Sich in Mäntel hüllen morgens
Als Vorbereitung für
Für ja
Für allerhand
Als Erstes einen dünnen Ledermantel tragen
Wildleder am besten
Direkt auf der Haut
Darüber einen Lodenmantel
Gegen die Kälte die jederzeit einbrechen könnte
Darüber eine Pelerine
Damit der Lodenmantel ja nicht nass würde bei Regen
Sich vollsaugte
Und wieder nicht vor Kälte schützt
Die Pelerine schützt also den Lodenmantel der den dünnen
    Ledermantel wärmt
Jetzt einen leichten Sommermantel überziehen
Weil auch der nächste Sommer kommt bestimmt
Diesen eventuell in heller Farbe tragen
Über diesen Mantel endlich etwas Elegantes
Was sich sehen lässt
Damit man öffentlich auch
Ja
Damit man unter Leuten
Unter Brücken
Sagen wir ein englisches Produkt

Eng geschnitten
Knielang
Feine schwarze Schurwolle
Dazu den guten Hut
Aus Hasenhaarfilz
Unter dem Hut eine Kappe
So spazieren gehen durch die Straßen einer Stadt
Da und dort in Kleiderläden sich erkundigen
Nach günstigen Offerten
Einen letzten Kauf erwägen
Der Vollständigkeit halber
Eine Seehundjacke
Oder Ölzeug

Dressur

Heute etwas über Pferde sagen
Zum Beispiel dass sie ungeeignet sind als Trüffelschweine
Sie finden einfach keine Trüffeln
Hingegen könnte man ein Springreiten veranstalten mit
    Trüffelschweinen
Das wäre bezaubernd
Die Reiter auf den Schweinen wären elegant gekleidet
Gerade so als säßen sie auf edlen Pferden
Und die Hindernisse
Diese Balken
Hecken
Wassergräben
Wären alle gleich
Also auf herkömmlicher Höhe
Zu hoch mit anderen Worten für die Schweine
Zu vermeiden
Die Reiter jedoch auch in ihrer Haltung elegant
Obwohl dem Rhythmus ihrer Tiere unterworfen
Die Bewegungen der Schweine sind
Sie hopsen mehr als dass sie
Ja sie trippeln
Und sie quieken
Sodass die Reiter ihre Haltung doch einbüßen
Sie schlottern auf den Schweinen
Und ihre hohen Stiefel werden nass im Wassergraben

Die feinen Damen auf den Zuschauertribünen erschrecken sich
Sie wissen kaum wie ihnen geschieht
Sagen vielleicht etwas Sanftes
Oh
Während sich die arbeitslosen edlen Pferde längst schon weiterbilden
In der Pferdezucht
Vorlesungen besuchen in Genetik
Um sich zu verbessern
Dann in Flugzeugbau
Ja
Während wir hier sprechen
Steigen von den Wiesen Flügelpferde auf
Sie testen ihre Kraft in wagemutigen Versuchen
Und einige
So heißt es
Sind schon auf dem Weg zu ihrem großen Vorbild

Winter

Schnee am Abend in der großen Stadt
Auf den Straßen
Auf den Dächern
Auf dem Gras im Park
Und auf den Tieren
Auf den Ratten Schnee
Sie hocken starr in dunklen Seitenstraßen
Auf den Autos Schnee
Und in den Autos auch
Auf den Sitzen
Auf den Armaturen
Auf den Menschen in den Autos
Und die Autos stehen still
In den Restaurants liegt Schnee
Auf den schön gedeckten Tischen
Auf den Tellern Schnee
Auf den Gästen die dort sitzen
Sie halten ihre Gläser hoch zu einem Trinkspruch
Und in den Gläsern Schnee
Auf dem Kellner Schnee
Auf seinem Kopf
Auf seinen Schultern
Schnee auf der Serviette die über seinem Arm hängt
Er will gerade Wein nachschenken
Aber der Wein ist eingefroren

Er hängt ein Stück weit aus der Flasche
Eine glasig rote Zunge
Und auf der Zunge Schnee
Auch zu Hause
In den Häusern liegt der Schnee
In Wohnzimmern
Auf Möbeln
Auf den Fernsehapparaten
Im Fernseher die Tagesschau
Hat angehalten
Der Sprecher im Studio voll Schnee
Er steht eingefroren da
Mitten im Bericht über den

Verspätung

Gestern Abend war in einem Dorf im Aargau Vollmond
Ich wollte ins Konzert in einer Kirche
Doch ich kam zu spät
Ich würde gerne aufrecht gehen
Dachte ich schon unterwegs
Aber ohne Beine ging das nicht
Und meine waren weg
Ich hatte sie im Regionalzug liegen lassen
So kroch ich durch das Dorf vom Bahnhof bis zur Kirche
Wie ein Seehund
Das war mir seltsam einerlei
Auch ein paar Dorfbewohner schauten unbeteiligt zu
Am Straßenrand
Durch trübe Fenster
Einzig eine alte Frau saß aufmerksam auf einem Giebeldach
Im Mondlicht
Sie sah mich durch ein Fernglas an
Und schrieb Notizen in ein kleines Buch
Langsam fressen in der Zwischenzeit die Motten meine
    Vorhänge
Kam mir in den Sinn
Man würde meinen sie fressen gierig
Aber sie lassen sich Zeit
Von einem Tag zum anderen sehe ich kaum Veränderungen
    an den Löchern

Solche Nebensachen denkend kroch ich weiter
Bis zur Kirche
Auf dem kleinen Friedhof drehte ich mich auf den Rücken
Lag erschöpft im kalten Gras
Und schaute in den Himmel
Der Mond erhellte meinen aufgeschürften Bauch
Derweil in meinem Darm winzige Fanatiker mein
    Mittagsmahl verdauten
Und ein Agnus Dei aus der Kirche drang

Die Bestellung

Ich stehe in der Café Bäckerei an einem Stehtisch
Mit doppeltem Espresso und Croissant
Ein großer dünner Mann steht draußen vor der Bäckerei
Turnschuhe
Jeansjacke
Graues Haar
Er schaut durchs Schaufenster
Kommt dann herein
Was darf es sein
Fragt ihn der Bäcker
Der Mann sagt
Ich hätte gerne eine
Der Bäcker wartet
Ich gebe zu ich warte auch
Der Mann fängt nochmals an
Ich hätte gerne eine
Er schaut den Bäcker an
Scheinbar entspannt
Zufrieden fast
Er leidet nicht
Das überrascht mich
Plötzlich knickt er in den Knien ein
Fängt sich aber auf
Eine Tasse Kaffee
Fragt der Bäcker

Der Mann schüttelt den Kopf
Ich hätte gerne eine
Eine Süßigkeit vielleicht
Ein Brot
Der Mann schüttelt den Kopf
Ich hätte gerne
Da knickt er wieder ein
Es tut mir leid ich weiß nicht was Sie wollen
Sagt der Bäcker
Ich weiß es
Sagt der Mann
Er schaut sich um
Fasst einen Entschluss
Tritt durch die Glastür hinaus
Bleibt vor dem Schaufenster noch einmal stehen
Wirft einen letzten Blick hinein
Knickt in den Knien ein
Fängt sich aber auf
Und geht

Zwischenfall

Gestern Abend um 22:02 Uhr hatte ich eine kurze Lähmung
Doch ich gebe es zu
Jemand hatte mich zum Essen eingeladen
Saß mir gegenüber
Wir unterhielten uns
Danke für den schönen Abend sagte ich plötzlich
Ich hätte das am Ende sagen sollen
Beim Verabschieden
Oder gleich am Anfang
Beim Champagner
Danke für die Einladung
Stattdessen sagte ich es beim Dessert
Es gibt den richtigen Moment für so Bemerkungen
Und dieser war der falsche
Ich sagte danke für den schönen Abend
Als wollte ich gleich gehen
Doch kaum hatte ich es gesagt war ich gelähmt
Meine ganze Muskelkraft war plötzlich weg
Ich fiel vornüber
Platschte mit dem Gesicht in meinen Dessertteller
Panna cotta
So mit Waldbeeren am Rand
Alles roch nach
Eben
Aber nur kurz

Kaum hatte meine Nase das Dessert zerdrückt
War die Lähmung schon vorbei
Ich richtete mich auf
Wischte mein Gesicht mit der Serviette ab
Die Serviette wurde von den Beeren rot
Du bist lustig
Sagte jemand gegenüber lachend
Ja sagte ich
Das stimmt
Ich bin ein Lustiger
Und wir prosteten uns zu

Tatsachen über Wasser

Gestern Morgen ging ich früh an einem See spazieren
Da sah ich einen Elefanten auf dem See
Er war plötzlich aufgetaucht am anderen Ufer
Fächerte mit seinen Ohren
Prüfte mit dem Vorderbein das Wasser
Ich dachte erst die Temperatur
Aber nein
Er prüfte seinen Halt
Er trat vorsichtig aufs Wasser
Dann etwas sicherer
Am Ende selbstverständlich
Ging dann auf dem See herum
Vor meinen Augen
An welchem See ich stand
Das möchte ich nicht sagen
Ich hoffe man versteht das
Nur so viel
Die Ufer sind naturbelassen
Der See ist nicht sehr groß und liegt im Mittelland
Der Elefant kam ziemlich schnell über den See und auf
    mich zu
Jesus dachte ich
Will der zu mir
Ja wirklich
Er hatte mich gesehen

Was sollte ich da tun
Nie weiß ich bei welchen wilden Tieren Stehenbleiben oder
 Fliehen richtig ist
Er näherte sich rasch
Gleich würde er mich
Hallo
Rief ich ihm entgegen
Wusste aber nicht warum
Da änderte der Elefant mit einem Mal die Richtung
Ging an mir vorbei an Land
Entschuldigung
Sagte ich etwas enttäuscht
Wenngleich erleichtert
Wollten Sie mir etwas sagen
Etwas tun
Ich sagte Sie wegen der Höflichkeit
Aber schon war er verschwunden zwischen Bäumen
Ja so war das
Ungewöhnlich geb ich zu
Ich blieb noch eine Weile dort am Ufer
Wollte mich versichern dass ich alles wirklich so gesehen hatte
Doch
Nur schade war die Kamera an meinem Telefon kaputt
Sonst hätte ich das alles
Ja

Das Hündchen

Meine Mutter
So erzählte mir vor einer Weile eine Frau
Meine Mutter hatte auch
Nicht immer einen ganz entspannten Atem
Sie atmete ein wenig
Ja
Entweder den ganzen Tag ein
Oder nur aus
Und um das zu bessern
Empfahl der Arzt Spazieren
Guter Arzt sagte mein Vater
Meine Mutter fand das auch
Und bald war sie täglich unterwegs
Mein Vater wollte nicht
So ging sie allein
Und als mein Vater starb
Kaufte sie sich einen Hund
Also Hündchen so ein
Eklig
Aber immerhin
Das lebte gut an ihrer Seite
Sie führte es spazieren
Jeden Tag das war ihr recht
Es hält mich jung sagte sie
Das stimmte

Jeden Mittag ging sie mit dem Hündchen
Und als es nicht mehr lebte
War das auch nicht schlimm
Weil meine Mutter
Der brauchte man nicht kommen mit so
Als der Hund gestorben war
Ging sie trotzdem
Sie voraus und aufrecht
An der Leine hinter ihr das Hündchen
Sie schleifte es
Mit der Zeit war es seit Jahren tot
Aber sie ging stolz
Mit einer Zuversicht aus Stein
Und immer schön auf ihren Atem konzentriert
So sei sie erzogen worden
Man gibt nicht auf
Man zeigt nicht aller Welt sein Leid
Und sie schleifte das Hündchen über die Trottoirs
Sie blieb auch stehen
Damit es konnte
Sie redete mit ihm
Brav und so
Sitz
Anfangs war noch Fleisch am Hündchen
Haare

Aber von der Sonne wurde es ganz dürr
Bald hatte es sein Fell verloren
Dann das Fleisch
Die Knochen
Am Ende steckte noch der ausgefranste Kopf im Halsband
Bis auch der herausfiel
Liegen blieb
Komm komm jetzt sagte meine Mutter
Eine Möwe flog herbei
Pickte auf was von dem Kopf noch übrig war
Komm jetzt komm mein Sandro gehen wir
Das Hündchen hieß mein Sandro
Und sie spazierte mit der leeren Leine und dem Halsband dran
Die Aluminiumplakette von der Tollwutimpfung machte
    auf dem Asphalt ein Geräusch
Jeden Tag
Schaut da geht sie flüsterten die Leute
Und einige versuchten ihr zu sagen
Verzeihung Frau
Ihr Hund ist tot
Noch mehr
Ihr Hund ist längst
Da sind sie aber an die Falsche geraten
Ja
Von meiner Mutter habe ich viel gelernt

Ich hatte zugehört
Dann fragte ich
Warum hast du ihr kein neues gekauft
Was denn fragte sie
Kein neues Hündchen
Ach so
Nein sagte sie
Nein
Was denkst du
Dann hätte sie ja zwei gehabt

Lebenslauf

Wo mir schon überall gekündigt wurde
In der Zoohandlung
Im Gastgewerbe
Auf dem Bau
Dort war ich angestellt beim Dachdecker
Trag diese Schrauben hoch aufs Dach
So sagte mir der Chef am ersten Morgen
Nachher zeig ich dir wie man sie in den Balken verschraubt
Er ging Kaffee trinken
Als er wieder kam hatte ich die Schrauben in den Keller
    getragen
Dafür hatte er kein Verständnis
Obwohl ich mich entschuldigte
Ich tat das nicht aus Bosheit
Der Keller schien mir einfach naheliegender bei
    Regenwetter
Oder in der Spedition
Da wurde ich auch entlassen
Meine Aufgabe
Die Lieferung von Eilsendungen in die umliegenden Orte
Ich fuhr alles an die gleiche Stelle
Zu einer hübschen Waldlichtung
Bald stapelten sich dort Expresspakete
Wenn die Sonne durch die Blätter auf die Post fiel
Sah das ziemlich gut aus

Surreal
Eilige Post mit Eichhörnchen
Ich machte Fotos
Und verschickte sie an die Empfänger der Pakete
Damit sie diesen Anblick auch genießen konnten
Aber niemand wollte das
So führte mich mein Werdegang bergab
Ich erzähle das nicht um zu klagen
Nur damit man weiß
Es ist nicht meine Schuld

Trennkost

Ich habe die Ernährung umgestellt
Ich esse nur noch Geflügel
Hühner
Enten
Truthahn
Strauß
Rebhuhn
Wachtel
Taube
Und Fasan
Kolibri zur Vorspeise
Sonntags einen Bussard
Adler wenn es welche hat
Amseln gern als Amuse Bouche
Schwalben wenn mir unwohl ist
Spatzen zwischendurch
Meisen
Finken
Raben
Fledermäuse in der Nacht
Wenn ich nicht schlafen kann
Bachstelzen zum Picknick
Emu oder Geier wenn ich unterwegs im fernen Ausland bin
Man soll die Speisen essen die lokal gewachsen sind
Ich gebe aber zu ich frühstücke mitunter auch im Zoo

Es hat dort einfach Leckerbissen die man
Ja nicht wahr
Das kennt man
Dass man plötzlich Lust hat
Auf etwas Ausgefallenes
Darf ich da den Pfau als Beispiel nennen
Natürlich esse ich das ganze Tier
Wenn mich jemand fragt von welchem Vogel ich am liebsten einmal essen würde
Aber noch nie konnte
Antworte ich
Vom Dodo
Es ist schon richtig was gesagt wird
Wenn man die Ernährung umstellt
Ändert sich das ganze Leben
Ich bin viel mit Pfeil und Bogen unterwegs
Mit Netzen auch
Und ich bin viel mehr an der frischen Luft als früher
Ab und zu bekomme ich Besuch von
Ja
Meist verzweifelten Ornithologen

Tramfahren

Kennen Sie das schmerzliche Gefühl
Wenn man aussteigt aus der Tram
Zuvor ist man zwar ungern eingestiegen
Fährt mit Widerwillen
Doch auf der Fahrt gewöhnt man sich allmählich
An die Fahrgäste
An die Umgebung
Und mit der Zeit
Mit der ruckeligen Fahrt
Den Durchsagen
Der Aussicht in die Stadt
Gehört man plötzlich
Ja
Man könnte sagen
Gehört man fast dazu
Alle sind hier irgendwie beisammen
Man ist mitten drin
Schon spürt man eine Art Impuls
Einen Zusammenhalt zu schaffen
Fahrgäste die aussteigen wollen versucht man zu überreden
Bleiben Sie noch eine Weile
Wenigstens noch bis zur Endstation
Vielleicht zupft man sie am Ärmel
Stellt sich in den Weg
Aber niemand lässt sich überreden

Bis man plötzlich selbst aussteigen muss
Vielleicht ist Mitternacht vorbei und der Betrieb wird
 eingestellt
Man tut es
Die Türen schließen sich
Schon erwägt man heimlich wieder einzusteigen
Zu spät
Die Tram fährt ins Depot
Man rennt vielleicht noch ein paar Schritte hinterher
Ruft Halt
Oder Adieu
Kennen Sie das
Ich kenne es nicht
Ich rede nicht von mir
Ich meine nur

Verkaufsgespräch

In einer Buchhandlung im Bahnhof Altona arbeitet eine Frau
Sie sagt abends Hallo ohne Grund
Wenn man eintritt sagt sie Hallo
Hallo sagt man
Und geht etwas herum
Man schaut sich da und dort die Bücher an
Die Frau bleibt in der Zwischenzeit bei ihrer Kasse
Plötzlich geht sie quer durch das Geschäft
Als wollte sie etwas Bestimmtes
Bückt sich
Bleibt verschwunden hinter den Regalen
Taucht dann wieder auf
Und geht zurück zur Kasse
Hallo sagt sie laut
Man schaut sich um
Niemand ist hereingekommen
Überhaupt ist niemand sonst im Laden
Es ist schon ziemlich spät am Abend
Inzwischen hat man etwas ausgewählt
Man hat das Buch schon in der Hand
Man will damit zur Kasse
Hallo sagt die Frau
Und es klingt streng
Und man erschrickt
Fühlt sich ertappt

Ruft die Frau etwa Hallo damit hier nicht gestohlen wird
Man legt das Buch zurück
Obwohl man es doch kaufen wollte
Versteckt sich jetzt ein wenig
Hinter einem Berg aus Bestsellern
Und beobachtet die Frau
Sie steht an ihrer Kasse
Rechnet etwas ab
Hallo
Aber niemand kommt herein
Man beginnt zu zählen zwischen den Hallos
Um festzustellen ob da eine Regelmäßigkeit
Tatsächlich
Etwa zweimal die Minute grüßt sie laut und deutlich
    niemanden
Und vielleicht entscheidet man sich niemandem davon
    zu erzählen
Damit es nicht bekannt wird
Damit es lange noch so bleibt

Crashkurs Wirtschaft

Sind Sie persönlich in der Wirtschaftskrise
Dann müssen Sie den guten Umgang mit den Zahlen lernen
Keine Angst wir helfen Ihnen
Lektion eins
Stellen Sie sich erstens diese Fragen
Wie viele Zahlen gibt es
Sind es immer gleich viele
Oder gibt es abends mehr
Genauso ist es
Machen Sie darum die Buchhaltung am Abend
Weitere wichtige Fragen
Sind Zahlen umso mehr wert
Je größer man sie schreibt
Ja das ist so
Schreiben Sie deshalb bei drohenden Verlusten stets mit großer Schrift
Dazu aber diese Warnung
Verwenden Sie nie unbekannte Zahlen
Bevor Sie irgendeine Null setzen in der Bilanz
Lernen Sie sie kennen
Reden Sie mit ihr
Wie alt ist sie
Woher sind ihre Eltern
Was hat sie für Ansichten

Für Referenzen
War sie je im Nahen Osten
Fragen Sie die Null ob sie Erfahrung hat mit anderen Zahlen
Ist sie teamfähig
Was wollen Sie mit einer jungen hübschen Null die nur für
    sich alleine stehen will
Eine Null allein kann Ihnen leicht eine Bilanz verderben
Gut
Wir gratulieren
Sie beherrschen jetzt die ersten Grundlagen solider
    Wirtschaft
Und das wars auch schon für heute
Lektion zwei kommt nächste Woche
Gegen die Gebühr von tausend Euro

Selbstverwirklichung

Manchmal tut es gut am Morgen vom Beruf zu reden
Vom eigenen
Um sich zu vergewissern
Das gibt dem Tag den
Ja
Ein Beruf ist etwas Schönes
Man macht etwas für sich
Und auch für andere
Verdient dabei sein Geld
Ich will hier gleich mit gutem Beispiel
Rede jetzt von mir
Mein Beruf ist
Also
Wenn ich ihn erwähne
Und es ist so
Darum geht es
Man sollte etwas tun was
Kurz gesagt
Zum Beispiel Schornsteinfeger
Das ist ein Beruf
Man klingelt bei den Leuten
Und der Rest ergibt sich wie von selbst
Oder Pilot
Man sitzt im Flugzeug vorne
Man hat die Beinfreiheit

Man muss den Film nicht sehen der gezeigt wird
Deshalb sind Piloten glücklich im Beruf und
   Schornsteinfeger
Hauptsache man weiß seinen Beruf
Ich zum Beispiel
Um darauf zurückzukommen
Weiß genau was mein Beruf ist
Mein Beruf ist
Es gibt auch die Berufsberatung klar
Das ist auch etwas
Man geht da hin
Man redet mit dem Fachmann
Testet sich
Bespricht die starken Stärken die man hat
Man kann auch mehrmals hingehen
Und jedes Mal wenn es vorbei ist
Hat man den Beruf gefunden
Doch
Ich kann das nur empfehlen

Möglichkeiten

Vor ein paar Stunden gab es einen Mann
Der stand im Schlaf am Kühlschrank
In seinem Bademantel
Er selbst nennt ihn Morgenmantel
Aber mitten in der Nacht
Obwohl auch Bademantel stimmt nicht
Wintermantel könnte man
Der Mann stand in der Kälte
Die Kühlschranktür war offen
Auch die Kühlfachklappe
Und das Fach war voll
Vielleicht hat seine Frau viel eingekauft
Weil am Wochenende sein Geburtstag ist
Der Mann stand also vor dem Kühlschrank und aß Rosenkohl
Er schluckte ihn als ganze eingefrorene Kugeln
Dann griff er wieder in das Kühlfach
Jetzt war es Dessert
Er zerbiss die Eistorte
Sodass es knatschte
Als nächstes aß er Fleisch
Dieses extra dünn geschnittene
Eingefrorenes Kalbfleisch
Rindfleisch
Lamm

Sein Magen litt an dieser Mahlzeit
Aber der bestimmte nicht was es zu essen gab
Auch der Mann bestimmte nicht
Der Schlaf bestimmte
So könnte man es sagen
Und wer ist der Schlaf
Der Schlaf ist der woraus der Mann erwacht am frühen Morgen
Eben vorhin
Jetzt ist er ein anderer
Er ist der den seine Frau und seine Kinder kennen
Der beim Frühstück sitzt und warmen Tee trinkt
Später
Wenn er bei der Arbeit ist
Die Kinder in der Schule
Und seine Frau das Kühlfach öffnet
Verdächtigt sie vielleicht die Babysitterin
Wiederum noch später findet sie vielleicht die Wahrheit über ihren Mann
Dann bricht etwas auf in der Beziehung
Sie trennen sich
Oder erleben sich ganz neu
Und stehen fortan beide nachts am Kühlschrank

Zusammenleben

Einmal
Vor vielen vielen
Als die Zukunft und ich noch einiges gemeinsam hatten
Fragte ich mich
Auch aus Solidarität mit den Bedrohten
Fragte ich mich
Wäre ein Nashorn ein geeigneter WG-Partner
Am Morgen käme ich zum Frühstück in die Küche
Die Küche wäre schon recht voll vom Nashorn
Guten Morgen
Sooo
Gut geschlafen
Zum Reden wäre es vielleicht zu früh
Aber könnten wir auch still
Gut
Dürfte ich nur schnell
Hier an den Kühlschrank
Hoppla
Tschuldigung
Und meine Kaffeekanne
Uh Pardon
Und aus dem Schrank mein Tässchen
Schon erledigt
Könnte ich jetzt noch meinen Stuhl
Entschuldigung

Jaja
War einfach ein Gedanke
Stattdessen zog dann jemand anderes ein
Eine Elektroapparatefachfrau
Sie installierte allerhand
Zum Beispiel eben
Elektroapparate
Doch das war die gute Zeit
Leider wurde sie von einem Zug erfasst
Sie tat es nicht mit Absicht
Sie mochte Züge
Und kam ihnen schon vorher oft sehr nahe
Dem Zugführer dagegen mache ich den Vorwurf
Der hätte nicht so rasen müssen
Züge können durchaus langsam
Auch die Geleise hätten nicht genau an diesem Ort verlegt sein müssen
Wo sie stand an einem Morgen früh
Mit ihrer Werkzeugkiste

Krimi

Nehmen wir an ein Mord ist geschehen
Ein grausiger Mord mit Gewalt
Mit anderen Worten jemand ist ganz tot
Sagen wir der Ludwig
Gut
Dann wäre das
Genau
Der Ludwig ist mit Graus ermordet worden
Und
Man wüsste wer es war
Jaja
Man weiß es allgemein
Es war Karola
Aber niemand sagt etwas
Alle wissen es
Karola hat den Ludwig mit der grausigen Gewalt
Und niemand sagt etwas
Wenn man bei den Leuten fragt
In Ludwigs Nachbarschaft
Dann sagen die nein tut uns leid
Und senken ihren Blick
Wir kennen niemand die Karola heißt
Es macht den Anschein
Man weiß nicht wer Karola ist
Wer ist Karola

Hat sie irgendjemand je gesehen
Und nach einer Weile muss man sagen dass Karola gar nicht vorkommt
Karola hat den Ludwig ganz ermordet
Das ist klar
Das weiß man
Der Fall wäre gelöst
Nur fehlt Karola
Es gibt sie nicht mehr
Oder hat sie nie gegeben
Wie soll sie da den Ludwig mit Gewalt
Ja
Das ist eben unklar
Niemand kann es sagen
Man weiß nur sie ist schuld
Sie ist es gewesen
Und es gibt nur eine Lösung
Jemand muss Karola sein
Wie heißen Sie

Bewerbung

Einmal suchte ich eine Freundin in den Inseraten
Da fiel mir auf
Gesucht waren vor allem kurze Eigenschaften
Da stand etwa
Gesucht wird
Eigenschaft
Vier Buchstaben
Das ist zu wenig
Dachte ich
Kurze Eigenschaften sind nicht meine Stärke
Meine Eigenschaften sind viel länger
Grobschlächtig zum Beispiel
Also suchte ich in den Rubriken
War irgendwo die Grobschlächtigkeit gesucht
Nein
Niemand brauchte sie
Also nahm ich eine Auszeit
Verkürzte meine Eigenschaft
Ich sublimierte sie in langen anstrengenden
Ja
Das kostete
Sich verändern ist ein großer Aufwand wie man weiß
Aber gut
Ich machte das
Man macht ja allerhand für eine Partnerschaft

Für den Erfolg
Nach einer Weile war es dann geschafft
Ich war jetzt nur noch grob
Ich bewarb mich sogleich mit Profil
Biete Eigenschaft
Vier Buchstaben
Dort hieß es aber in der Zwischenzeit ganz anders
Vier Buchstaben war gestern
Heute suchen Frauen lange Eigenschaften
Vierzehn oder mehr Buchstaben sollte meine Eigenschaft schon haben
Also mal sehen
Dachte ich
Sehr langweilig ist eine lange Eigenschaft mit vierzehn
Und ich bin sehr langweilig
Und wenn ich das mit einem Gähnen sage ist sie noch viel länger
Gut
Gott sei Dank
Ich freute mich auf viele Antworten

Romanze

Einmal verliebte ich mich auf einem Riesenrad
Genauer
Ich war schon ganz verliebt
Und das Riesenrad war nur ein Ort um es zu feiern
Damit es schlimmer wurde
Wenn man verliebt ist sucht man gerne Orte auf die das
 Verliebtsein noch verschlimmern
Es war Jahrmarkt
Und ich sagte komm wir fahren Riesenrad
Sie lief sogleich voraus
Ich kaufte Karten
Kaum waren wir in der Kabine zog sie alle Kleider aus
Sie wolle schon lange einmal ohne Kleider Riesenrad
 fahren
Und sie hüpfte hin und her und an mir hoch
Die Kabine schwankte
Ich sagte schön
Wirklich sehr schön
Jetzt zieh dich wieder an
Aber nein
Sie wartete bis wir ganz oben waren
Und warf die Kleider von zuoberst aus dem Fenster der
 Kabine
Sie fielen auf den Jahrmarkt
Auf die Leute die da unten waren

Es gab Tumult
Und Rufe
Alle Augen schauten zu uns hoch
Und sie winkte allen zu
Das Riesenrad bremste die Fahrt
Hielt an als wir ganz unten waren
Man zwang uns auszusteigen
Sie bekam ihre Kleider zurück
Und ein Jahrmarktverbot
Und sagte sie habe schon vorher eines gehabt

Kochkurs

Heute Morgen werfen wir die Kochkunst auf
Sehr gut
Meine Suppe ist kaputt
Sie liegt im Teller und hat Risse
Löcher
Sie ist einfach nicht zu essen so
Ich packe sie mitsamt dem Teller in die Tasche
Verlasse mein wahnsinniges Haus
Gehe durchs Quartier direkt ins Fachgeschäft
Guten Tag ich möchte meine Suppe flicken lassen
Sehen Sie
Sie ist kaputt
Tatsächlich sagt der Mann
Er heißt Hans Joachim Ewald Gockelhupf
Sein Beruf ist Suppenflicker
Gut
Er schaut sich meine Suppe an
Ja sagt er
Es stimmt
Die Suppe ist kaputt
Können Sie sie flicken
Doch sagt er
Das sollte möglich sein
Ein diffiziler Fall
Aber mal sehen

Er breitet meine Suppe auf der Werkbank aus
Er untersucht sie
Zerteilt sie mit den Instrumenten die er hat
Mhm mhm
Ja doch das geht
Ich lege ihr ein Netz ein
Und verschraube sie
Hier hier und hier
Das sollte klappen
Fein
Er kratzt die Suppe auf
Leert sie zurück
Schraubt sie im Teller fest
Von unten mit den guten Schrauben
Legt ihr dann das Netz ein
Glashaarfasern sagt er mit Bedeutung
Dann ist die Suppe fertig repariert
Sehen Sie
Keine vier Pferde reißen diese Suppe auseinander
Danke sage ich
Vielen Dank
Was bin ich schuldig

Scheidungsgründe

Weißt du noch als du den Rollstuhl gekauft hast
Ich sagte bring noch Brot und Käse mit nach Hause
Milch
Gemüse
Du bist mit dem Rollstuhl heimgekommen
Und hast gesagt man kann nie wissen
Weißt du noch den Sonntag in der Badewanne
In dem Winter als es eisig kalt war
Den ganzen Nachmittag lang saßen wir in dieser Badewanne
Kerzenlicht
Zwei Flaschen Wein
Und ohne Wasser
Du sagtest du willst ohne Wasser
Nur im Trockenen
Weißt du noch als wir die weißen Mäuse aßen
Du hast gekocht
Ich hab mir Cordon Bleu gewünscht
Du hast gesagt es gibt weiße Mäuse
Weißt du noch im Skiurlaub
Es war schönes Wetter eine ganze Woche lang
Dann fing es an zu schneien auf der Piste
Nur ganz leicht
Du hast sofort gerufen Achtung die Lawine
Bleib hier stehen

Halt sie auf
Ich gehe packen
Weißt du noch als ich dir sagte ich liebe dich
Trotz allem
Du hast die Kühlschranktür geöffnet
Hast den Kühlschrank leergeräumt
Bist hineingekauert
Hast die Türe zugemacht
Und bist erst herausgekommen als ich den Stecker zog
Und sie hatte noch mehr

Misserfolg

Jemand hat uns weggeworfen
Jetzt wohnen wir beim Abfall
Unter einer Brücke
Dabei gaben wir uns solche Mühe
Ein Leben lang die strenge Arbeit
Strebsamkeit von Anfang an
Geboren werden
Wachsen
Kindergarten
Ausbildung
Die Lehrstelle
Das Abitur
Die erste Arbeit
Das Gehalt
Partner suchen
Kennenlernen
Wohnung suchen
Auto kaufen
Möbel kaufen
Einrichten
Das Wohnzimmer das Schlafzimmer
Dann wohnen
Wohnen wie im Katalog
Nun bald verändern
Neue Küche

Neue Möbel neue Freunde
Neues Auto
Neue Ziele
Kinderzimmer
Kleinkredit
Weiterbilden
Neue Arbeit
Weiterschaffen
Vorwärtsmachen
Gruppenleiter Rayonleiter Chef
Lohnerhöhung
Wohnung kaufen
Urlaub machen
Fotos zeigen
Schau da waren wir
War günstig
Alles inbegriffen
Nächstes Jahr noch einmal
Oder auch woanders
Alles schön und ordentlich
Bald wird es noch viel besser

Liftboy

Wenn ich einen Wolkenkratzer hätte
Also wenn ich ihn besitzen würde
Einen ganzen
Manchmal denkt man sich so Sachen aus
Das wäre
Ja
Der Wolkenkratzer stünde in der großen Stadt
Er hat hundertzehn Etagen und die Mieten sind horrend
Ich kann machen was ich will in meinem Wolkenkratzer
Ich verbringe meinen Arbeitstag vielleicht im Lift
Auf einem Hocker dort
Ich drücke auf die Tasten der Etagen nach den Wünschen meiner Mieter
So komme ich herum
Mal bin ich zuoberst
Wo das Wetter anders als auf Erden
Oder auch im Keller
Zig Etagen tief geht es hinunter
Dort sind die Tresore
Die Archive
Und die Technik für die Sicherheit
Ich sehe die Gesichter aller Menschen
Wenn sie vor mir stehen auf den Fahrten in ihr Stockwerk
Ganz verschiedene Gesichter
Hunderte Parteien sind bei mir zur Miete

Ein Schweinemastkonzern hat hier das Hauptquartier
Menschenhändler hat es
Kriegsfürsten feilschen unter meinem Dach mit
 ihresgleichen um die Landesteile ihrer Heimat
Regierungen korrupter Länder machen ihre Drecksgeschäfte
Auch die Kirchen haben einige Büros
Ja so einer wäre ich vielleicht
Und man würde mich vorwurfsvoll fragen
Zahle ich mit Spenden wenigstens zum Teil moralisch
 meine Schuld ab
Bezahle ich die Obdachlosenheimrenovationen in der Stadt
Ernähre ich ein Flüchtlingslager
Wer weiß

Im Restaurant

Hallo
Was darf es sein
Hallo
Ich hätte gerne
Haben Sie
Hm
Ja bitte
Haben Sie Ingwertee
Ja
Haben Sie Grüntee
Ja
Haben Sie Kamillentee
Ja
Haben Sie den schwarzen Tee vom Hochland
Ja
Haben Sie Kaffee mit Kardamom
Ja
Haben Sie Orangensaft mit Pulp
Ja
Haben Sie Angst
Ja
Haben Sie eine letzte Chance verpasst
Ja
Haben Sie Schulden
Ja

Haben Sie ein schlechteres Gewissen nach der Sünde als davor
Ja
Haben Sie manchmal Krämpfe in den Waden oder Schwindel
Ja
Haben Sie schon einmal ganz allein im Kino ausgehalten
und in einem schlechten Film
Ja
Haben Sie geduscht am Morgen
Ja
Haben Sie nichts gegen Ausländer aber
Ja
Haben Sie schon einmal auf der Rolltreppe im Warenhaus
geschubst
Ja
Haben Sie Beziehungsschwierigkeiten
Ja
Haben Sie geschwätzige Verwandte
Ja
Haben Sie an einer Schießbude am Jahrmarkt je auf die
Besitzerin geschossen
Ja
Haben Sie Ovomaltine
Ja
Haben Sie schon Pläne heute Abend
Ja

Haben Sie schon Pläne für den Rest des Lebens
Ja
Da habe ich mich im Restaurant geirrt

Globalisierung

Heute Nachmittag
Nein
Gestern
Gestern Nachmittag
Stieg ich im Zug nach Bern im Speisewagen ein
An einem Fünfertisch saß eine Mutter und ihr kleiner Sohn
Ich setzte mich hinzu
Der Kellner kam und wir bestellten
Kaffee für mich
Latte Macchiato für die Mutter
Und du
Heiße Schokolade sagte der Junge
Nein
Kalte
Kalte Schokolade
Und kletterte der Mutter auf die Knie
Er hatte einen kleinen Stapel Bilder in der Hand
Vierecke aus Karton
Darauf waren Dinge abgebildet
Keine Fotos
Zeichnungen
Er zeigte mit dem Finger auf das oberste
Benannte es
Traktor
Und legte das Bild im Stapel nach hinten

Jetzt kam
Nähmaschine
Sehr gut sagte seine Mutter
Der Kellner brachte die Getränke
Geld
Sagte der Junge
Und legte das Bild nach hinten
Schiff
Computer
Flugzeug
Eisenbahn
Und weitere
Die Mutter sagte immer sehr gut
Oder richtig
Oder ja genau
Sie knuddelte ihn ab und zu
Das schien ihm recht zu sein
Dann kam ein Bild der Erde
Knoblauch
Nein sagte die Mutter
Schaute kurz zu mir
Und lächelte verlegen
Globus sagte sie
Der Junge drehte sich zu ihr
Globus wiederholte sie

Nein besser
Erde
Erde
Der Junge schaute sich das Bild noch einmal an und überlegte
Knoblauch sagte er
Und legte es nach hinten

Prophezeichnung

Ich zeichnete schon immer gern
Mein Vater sagte mir einmal
Als ich klein war hätte ich gezeichnet bevor ich gehen konnte
Bald sei ihm aber aufgefallen dass ich immer nur das
    Gleiche zeichnen wollte
Es habe angefangen mit einem Zoobesuch
Ich saß im Kinderwagen
Weinte offenbar die ganze Zeit
Vor dem Gehege mit dem Tapir aber hätte ich gelacht
Sogar etwas gesungen
Wann immer er mich fragte was ich machen wolle
Sagte ich von da an
Ich möchte in den Zoo den Tapir schauen
Und als ich immer besser zeichnen lernte wurde klar
Ich zeichnete ausschließlich dieses Tier
Das fiel auch in der Schule auf
Meine Lehrerin sagte in der ersten Zeichenstunde wir
    sind frei
Wir können zeichnen was wir wollen
Also zeichnete ich einen Tapir
Sie bemerkte gleich das Zeichnen fiel mir leicht
Zeichne einmal einen Elefanten wenn du magst
Jaja sagte ich
Sehr gerne
Und ich zeichnete für sie den Elefanten

Sie meinte der sieht wie ein Tapir aus
Ja sagte ich das stimmt
So entdeckte meine Lehrerin an mir den pädagogisch interessanten Fall
Sie fühlte sich herausgefordert
Meine Begabung hatte sie erkannt
Nun wollte sie mir zeigen wie frei ich sein könnte in meinem zeichnerischen Ausdruck
Ich sagte ich fühle mich schon frei
Aber stell dir einmal vor was du mit so einem Talent noch zeichnen könntest
Alles was du willst
Doch ich zeichnete schon alles was ich wollte
Ich sah genau wie vielfältig die Welt war
Und ich zeichnete die Vielfalt
Jeder meiner Tapire sah anders aus
Meine Lehrerin bemühte sich nach ihrem besten Wissen
Ich zeichnete auf ihre Anregung hin Pferde
Ameisen
Das Dromedar
Die Grillen
Störche
Ein Kamel
Und Fische
Es wurden meine bislang vielfältigsten Tapire

Endlich sagte meine Lehrerin
Die eine Frau mit viel Geduld war
Zeichne einmal deine Schwester
Deinen Vater
Und vor allem dich
Zeichne euch wo ihr zu Hause seid
Ja natürlich sagte ich
Gute Idee
Ich zeichnete ein Tapir-Haus
Davor stand meine Tapir-Schwester neben meinem
    Selbstbildnis
Dahinter unser Tapir-Vater
Und über allem schien die Tapir-Sonne mit dem extra
    langen Rüssel
Denn es war schönes Wetter in der Zeichnung
Aber siehst du nicht wie formenreich die Welt ist
Fragte meine Lehrerin verzweifelt
Wie viele Dinge ganz verschieden sind
Doch sagte ich
Ich sehe es deutlich
Die Welt ist voll verschiedenster Tapire
Ich verstand aber den allerletzten Einwand meiner Lehrerin
Man könne gar nicht unterscheiden was ich zeichne
Gut
Also

Ich bezeichnete jetzt meine Zeichnungen
Ich schrieb sie an mit leserlicher Handschrift
Zwei Ameisen
Ein Pfau
Mein Land
Mein Vater
Unser Hund
Die Sonne
Mama die davonfliegt
Indessen besserte ich meine Technik immer mehr
Meine Zeichnungen wurden komplex
Ich lernte Perspektive
Ich lernte die Schraffur beherrschen
Lernte Bildkomposition
Bald hätte ich den Zirkel mit der freien Hand geschafft
Längst hatte ich begonnen in Museen zu verweilen
Oder vor geöffneten Bildbänden
Um die Tapir-Malereien großer Meister zu studieren
Vorbilder waren mir etwa Der Tapir von Francisco Goya
Edward Hoppers Tapire in der Sonne
Und natürlich Zwei Tapire von Pieter Bruegel dem Älteren
An Farben hatte ich aber kein Interesse
Ich zeichnete schon immer ausschließlich schwarzweiß
Mit Bleistift Kohlestift und Tusche
Das ist bis heute so

Nun wurde auch die Fachwelt auf mich aufmerksam
Und mit den Jahren wurde ich bekannt
Ich stellte in den großen Städten meine Zeichnungen aus
Allmählich aber fragte man sich schon
Ob ich je zu einer neuen Schaffensphase finden würde
Es wurde spekuliert darüber
Was mich dazu bringen könnte etwas anderes zu zeichnen
Vergeblich
Letzthin war ich allerdings zu einem Ateliergespräch geladen
Im Kunstmuseum meiner Geburtsstadt
Auch dieses Mal bedrängte man mich mit der Frage
Da entschloss ich mich spontan zu einem Angebot
Wenn jemand aus dem Publikum ein Sujet nennen könne
Was einer neuen Schaffensphase würdig sei
Dann wolle ich es zeichnen
Und die Zeichnung anlässlich der großen Ausstellung meines Gesamtwerks hier am Haus im Frühjahr eigenhändig präsentieren
Alles Erdenkliche wurde im Publikum gerufen
Ich notierte einiges
Um nachher auszuwählen
Dann wurde es still
Da erhob sich unter einem Schleier eine Frau oder ein Mann
Scheu und nicht gewohnt vor anderen zu sprechen

Trat etwas hervor und sagte mit Akzent
Nur nicht den Propheten
Ein Raunen ging durch den Saal
Es gab Lacher
Seufzer
Auch Protest
Ich antwortete
Gut
Das will ich tun
Rechtzeitig zur Vernissage war die große Zeichnung fertig
Sie hing im Saal an einer breiten Wand
Verhüllt mit einem Schleier
Publikum und Fachwelt warteten gespannt
Meine Damen oder Herren
Sagte ich
Sie wissen es
Die Zeichnung trägt den Titel
Nur nicht der Prophet
Dann griff ich nach dem Schleier
Zögerte noch einen Augenblick
Und riss ihn weg

Entwicklung

Ich habe eine neue Eigenschaft
Ich wische Staub
Ich beobachte die Wohnung
Ob irgendwo ein Staub sich setzt
Ja
Da hat es einen auf dem Fensterbrett
Also Lappen her
Und weg damit
Auch mein Haustier will verstauben
Das lasse ich nicht zu
Was ist es für ein Haustier
Sagen wir ein Dachs
Ich staube ihn besonders gut ab
Weil heute Abend habe ich Besuch von Freunden
Ich begrüße sie
Hallo
Und staube sie beim Eingang etwas ab
Sonst bringen sie den Straßenstaub herein
Nur schnell
Wisch wasch
So
Jetzt ist es gut
Willkommen
Dann serviere ich Aperitif aus abgestaubten Flaschen
Wenn ich selbst eingeladen bin

Was in letzter Zeit ein wenig seltener geschieht
Frage ich die Gastgeber als Erstes ob sie einen Lappen haben
Und ich wische kurz den Tisch die Stühle
Eventuell die anderen Möbel
Aber ohne Vorwurf
Einfach weil ich schon dabei bin
Nein ich mache keine Umstände
Letzthin auch im Restaurant
Als ich mit einer Frau zum Abendessen
Da wischte ich rasch die Teller
Gläser
Das Besteck mit der Serviette
Ihre Schultern
Ihre Handtasche
Das ging ganz schnell
Entschuldige nur kurz es hat hier etwas
Sagte ich
Wisch wasch und weg
Weißt du schon was du bestellst
Die Frau stand wortlos auf und ging hinaus
Da fragte ich mich
Was war denn jetzt schon wieder

Mobiliar

Gestern rief ein Freund an
Abends spät
Er brauche meine Hilfe
Er könne nicht in seine Wohnung
Warum nicht
Na ja
Er habe festgestellt
Die Wohnung sei gefüllt mit Mobiliar
Wie gefüllt
Na gefüllt
Und er sei nun überzeugt
Alle Mieter die in dieser Wohnung vor ihm wohnten
Hätten ihre Möbel dagelassen
Nur habe er das nie bemerkt
Mhm
Ja eben
Aber als er vorhin heimkam sei ihm das auf einmal klar geworden
Er habe seine Wohnungstür nur einen Spaltbreit öffnen können
Da habe er ein Stück Sessel
Eine tote Zimmerpflanze
Handtücher gesehen
Spielsachen und Kleider
Kochgeschirr

Wahllos gestapelt
Er habe umständlich sein Telefon hineingestreckt durch
 diesen Türspalt
Und habe mit der Kamera gefilmt
Da sei bis nach hinten alles voll mit Haushaltswaren
Bettgestelle lägen quer
Matratzen
Alte Lampenschirme halb zerdrückt auf Tischen
Möbel ohne Stil in allen Formen
Kleintierkäfige
Aquarien
Alles durcheinander aufgetürmt
Bis unter die Decke
Er selbst habe am Nachmittag noch eine Saftpresse
 gekauft
Er habe ja nicht wissen können dass auf einmal gar kein
 Platz mehr sei
Und er habe es nur knapp geschafft die Presse
 hineinzustoßen in die Wohnung
Jetzt sitze er im Treppenhaus vor seiner Tür
Und wisse nicht was tun
Ich komme sofort
Das sagte ich seltsam gut gelaunt
Und legte auf

Ratschlag

Zur Abwechslung das Klagen üben
Einfach um das auch zu können
Klagen über alles
Tief und überzeugt
Heute einen ganzen Tag lang
Heute ist vielleicht ein Glückstag
Einer voller Glücksgefühl
Darauf aber keine Rücksicht nehmen
Umso intensiver über alles Unglück das man früher hatte
    klagen
Gestern etwa
Gestern war das volle Unglück
Das beklagen
Dass man sich davon noch kaum erholt hat
Nie vielleicht erholen wird
Klagen allgemein
Über die schweren Zeiten die man hatte
Falls das Glücksgefühl am Nachmittag noch anhält
Klagen über neues Unglück das vielleicht bald anfängt
Es könnte jederzeit
Man kann es nicht verhindern
Natürlich auch das Unglück anderer beklagen
Überall ist Unglück
Ganze Häuser voller Unglück in der Stadt und auf
    dem Land

Und wo es noch kein Unglück hat wird es gebracht in grässlichen Containern
Auch im Trinkwasser ist Unglück
Es wird da beigemischt man weiß es
Flugzeuge versprühen es am Himmel
Und in Warenhäusern ist es in der Klimaluft
Die Unglücksgrundversorgung ist gewährt
Ungefiltert schwappt es in die Wohnung
In die Lungen
In die Herzen
Jederzeit von überall
So vergeht der Glückstag
Wenn das Glücksgefühl am Abend immer noch nicht aufhört
Bleibt nur eines
Bis man schlafen geht beklagen
Dass es nichts mehr sonst zu klagen gibt

Partielle Offenbarung

Die Wahrheit hat Etagen
So war gestern Nacht mein Eindruck
Als der Mond aufging
Der Mond ist aufgegangen dachte ich
Das ist wahr
Aber ist es wahr auf allen Ebenen
Sagen wir man ist im Erdgeschoss
Um bei dem Bild zu bleiben
Im Erdgeschoss kann jeder sagen ohne Lügen
Der Mond ist aufgegangen
Aber geht man einige Etagen höher in der Wahrheit
Zum Beispiel von der Erde weg
Sagen wir man ist seit ein paar Tagen unterwegs zum
    Mond weil
Ja
Wer weiß
Vielleicht ist man von der Straße abgekommen
Da sieht man plötzlich
Der Mond ist gar nicht aufgegangen
Der Mond ist
Der hängt da einfach in der Leere wie ein
Irgendwie gelangweilt
Und man ruft zu Hause an
Houston
Der Mond ist gar nicht aufgegangen

Und kaum ist man gelandet auf dem Mond
Also falls das alles klappt mit einem ganz normalen VW Golf
Fährt man da umher
In Winterreifen hoffentlich
Da sieht man plötzlich auf dem Mond die Erde
Die Erde ist dabei
Tatsächlich
Eben geht die Erde unter
Und man ruft schon wieder an
Houston
Rettet euch
Die Welt geht unter
Aber Houston macht sich etwas vor
Das sei nicht wahr
Lautet die Antwort
Der Welt gehe es gut
Ich solle sofort aus der Leitung

Tauchgang

Diese Überraschung früh am Morgen
Aufzutauchen aus dem Schlaf
Aufgetaucht zu sein
Die Augen öffnen
Wider alle
Unerwartet
Wie in einem U-Boot
Wer erwartet schon in einem U-Boot wieder aufzutauchen
Kaum jemand
Man versteht zwar die Begründung abzutauchen
Erstens weil man müde war
Zweitens um sich an den Feind heranzuschleichen unter
    Wasser
Es ist eine Strategie
Aber immer nur die eine Frage während man da unten ist
Wann kommt das Wasser rein
Weil das Wasser will herein ins U-Boot
In den Schlaf
Kaum ist man abgetaucht beginnt das schon
Soll niemand sagen er sei überrascht wenn Wasser in ein
    U-Boot kommt
Alle warten nur darauf
So kann das U-Boot kaum die Aufgaben erfüllen die es sollte
Weil sich immer alle fragen
Wann

Und gelingt es rechtzeitig noch aufzutauchen
Während solche Fragen sich im Flugzeug gar nicht stellen
Im Schlaf in großen Höhen
Wann kommt die Luft herein
Das will niemand wissen weil
Die will gar nicht herein die Luft
Die will draußen bleiben an der frischen
Eben
Nein im Flugzeug sind die Fragen andere
Wann fällt es zu Boden
Wann kommt mein Tomatensaft
Welches ist der Luftpirat
Und ja natürlich
Wacht man nach dem Absturz wieder auf

Vermischte Meldung

Letzte Woche meldete der Zürcher Zoo einen Verlust
Bei der Reinigung des Flusses sei das Flusspferd ausgerissen
Es entwischte durch die Schleuse hieß es
Überrannte ein paar Zoogehege
Überrannte einen Pfau
Der sich ihm mutig mit dem Rad entgegenstellte
Überrannte zwei verdutzte Lamas
Überrannte dann den Grenzzaun und verschwand im Wald
Am Abend wurde es gesehen an der Bahnhofstraße
Es habe sich für Trams interessiert
Die Trams hätten aber keine Reaktion gezeigt
Auch soll es mitten in der Frauenbadi in der Limmat
    aufgetaucht sein
Und eine Weile mitgebadet haben
Es soll Fotos geben die im Netz kursieren
Die Frauen hätten ganz gelassen reagiert
Sie hätten ihm den Namen Charles gegeben
Es heiße aber Nepomuk
Sagte der verantwortliche Tierpfleger
Danach blieb das Flusspferd ein paar Tage lang
    verschwunden
Trotz Großfahndung der Wasserpolizei
Nun ist es offenbar zurückgekehrt
Eine Praktikantin machte Überstunden im zoologischen
    Labor

Sie wollte schon nach Hause gehen abends spät
Hatte die Geräte abgestellt
Das Licht gelöscht
Da hörte sie ein kleines Planschen aus dem Nebenraum
Sie folgte dem Geräusch
Und schaute endlich durch ein unbenutztes Mikroskop
    das in der Ecke stand
Das Flusspferd schwamm in einem Wassertropfen unter
    diesem Mikroskop
Zufrieden offenbar
Und ohne Fluchtgedanken

Mitmachen und trennen

Bitte trennen Sie Ihre Anfälle
Der Umwelt zuliebe
Haben Sie nicht alle Anfälle auf einmal
Beginnen Sie den Morgen mit dem Angstanfall
Die Angst wovor ist selbstverständlich einerlei
Waschen Sie sich nachher anfallartig und zu lang
Das ändert nichts
Gehört aber dazu
Zum Frühstück passt der Fressanfall
Der ist leicht
Einfach alles Essbare essen
Bis kein Vorrat mehr im Haus ist
Putzanfälle sind nicht mehr in Mode
Wenn Sie aber nach dem Frühstück einen haben ist es auch in Ordnung
So vergeht der Vormittag im Flug
Danach empfehlen wir den Einkaufsanfall
Kaufen Sie die Warenhäuser leer von zwölf bis sechzehn Uhr
Mitten in den Hamsterkäufen überfällt Sie die Angst sozial abzusteigen
Und wer weiß
Sie steigen vielleicht wirklich ab
Dann bestünde eine Kongruenz
Abends beim Nachhausefahren
Mit der Tram

Weil Sie Ihr Auto spastisch in den Graben fuhren
Werden Sie von Fremden unerwartet angefallen
Etwa eine Frau muss unbedingt mit Ihnen schlafen
Obwohl es Montag ist und Sie in der Cobratram und
　　ohne Fahrschein
Aber gut
Sie schlafen mit der Frau im ÖV
Begeisterung der Fahrgäste
Sehen wir uns wieder fragen Sie danach
Nein danke sagt sie
Ordnet ihre Kleider
Und steigt lachend aus
Darüber erst bekommen Sie den klassischen Wutanfall
Gefolgt von der erlösenden Narkolepsie

Autosport

Sagen wir Sie steigen heute in den Ring wie jeden Tag
Im Ring ist heute aber niemand sonst
Gute Gelegenheit
Sie treten an gegen sich selbst
Sie tänzeln durch den Ring
Fixieren Ihren Gegner der Sie selbst sind
Sie setzen Schlag auf Schlag ins Leere
In den Pausen setzen Sie sich in die Ecke
Atmen schwer
Sie sehen auch im Publikum ist niemand
Also eilen Sie hinaus auf die Tribüne um sich anzufeuern
Zeig es ihm
Sie steigen wieder in den Ring und zeigen es sich
Sie hauen sich ins Gesicht dass der Schweiß herumfliegt
Sie steigen wieder aus dem Ring und auf die Tribüne
Sie brüllen
Mach ihn fertig
Also steigen Sie zurück und machen sich fertig
Als Sie k.o. am Boden liegen reißen Sie die Arme hoch
Sie sind auch kurz der Schiedsrichter der das entschieden hat
Auf dem Weg in die Garderobe stürmen Sie als Journalist
    auf sich ein
Sie geben keine Antwort
Aus der Garderobe rufen Sie nach Ihrer Limousine
Holen sie gleich selbst ab

Sie fahren vor am Hinterausgang
Halten sich die Tür auf und die Fans vom Leib
Sie fahren sich ins Grand Hotel
Morgen machen Sie ein leichtes Training
Danach senden Sie sich als Agent einige Anfragen
Die Besten fordern Sie heraus zu neuen Kämpfen
Sie nehmen alle an

Namen

Fetzenfische können ihrem Namen wenig abgewinnen
Sie würden sich ganz anders nennen
Flusspferde wissen zwar dass sie im Fluss zu Hause sind
Den Lipizzanern aber fühlen sie sich nicht verwandt
Darmbakterien haben Gott sei Dank eine begrenzte
    Vorstellung von sich und ihrem Wohnort
Arbeiten aber hart ihr Leben lang
Frau Zartbutter
Eine Frau die mir am Herzen liegt
Redet ständig über ihren Namen
Sie leitet ihre Wesenszüge von ihm ab
Wenn ich das machen würde wäre mein Charakter ein
    Stück Fleisch
Wir alle haben Namen die man uns gegeben hat
Oder die wir uns verdient
Wir haben auch die Namen die uns niemand gibt
Wir haben Namen die uns alle nehmen wollen
Oder die uns keiner zutraut
Dazu muss man wissen
Es gibt den Ort
Da sammeln sich die Namen zum Gebet
Sie lösen sich von uns wenn niemand nach uns ruft
Zum Beispiel in der Nacht
Und fliegen an den Ort
Vielleicht liegt er am Meer

Vielleicht auf einem Hügel
Dort stehen sie in einem großen Kreis und prüfen sich
Sie nennen sich der Reihe nach
Sie hören ihren Klang
Und ändern ihn
Wenn es denn sein soll
Morgens fliegen sie zurück
Und manch einer ist umgetauft wenn er erwacht
Darüber erschrecken wir
Noch gestern hießen wir Das Nashorn
Und heute Salamander

Karma

Wer ein Leben lang bescheiden ist der werde nach dem
    Tod ein Großmaul
Doch das habe ich gelesen
Weil das Universum immer nach dem Ausgleich strebe
Man wäre also still gestorben
Gut betrauert von den Liebsten
Er war so bescheiden sagen sie
Nun gut
Man käme in den Himmel
Oder wie der Ort dann heißt
Und wäre da mit einem Mal ein Großmaul
Großmäulig tritt man auf und redet laut
Ich kann das alles besser
Lasst mich machen
Platz da
Hier und hier zum Beispiel kann man optimieren
Das kommt dort hin
Diese Möbel oder was das ist
Himmelbett Himmeltoilette
Müssen alle raus
Hier kommt stattdessen
Eben
Etwas Besseres
Die Wände werden neu gestrichen
Insofern es Wände sind

Und mehr Sonnenblenden
Es ist grell
Der Führungsstil ist auch veraltet
Die Hierarchie wird flach
Ich der Chef und ihr die anderen
Einige Verängstigte hören mir zu
Sie waren auf der Erde vielleicht wagemutig
Kühn
Verwegen
Jetzt ducken sie sich und sind folgsam
Aufstehen rufe ich
Los los
Training oder etwas Sport
Und an die Arbeit
Disziplin
Und man flüstert sich im Himmel zu
Der ist ja unerträglich
Den schicken wir zurück
In die Bescheidenheit auf Erden
Und man erwacht im Sarg
Der Gott sei Dank noch offensteht
Und sagt Entschuldigung
Könnte ich einen Schluck Wasser haben
Wenn es nicht zu viel Umstände

Kastanien

Habe ich von Kastanien schon gesprochen
Dass sie einem auf den Kopf fallen im Herbst
Wenn man morgens unterwegs zur Arbeit ist
Und eine Wunde machen an der Fontanelle
Die sich eventuell entzündet
Und nach weiteren Kastanien
Vor allem wenn man stehen bleibt
Und weiteren Entzündungen
Ein Loch im Kopf sich bildet
Sodass die Kastanien durch das Loch
In den Kopf hineinfallen und keimen
Wurzeln schlagen im Gehirn
Die den Hals hinunterwachsen
In den Bauch und in die Beine
Durch die Fußsohlen hinaus und in den Boden
Man möchte doch noch weitergehen
Aber damit ist jetzt Schluss
Während durch das Loch die Sprösslinge hinauf ins
    Freie wachsen
Sich zur Sonne strecken
Höher werden
Dicker
Auch im Körper sich der Baumstamm langsam breitmacht
Doch das gibt es
Anfangs könnte man sich noch verpflanzen lassen

Ins Büro
Oder nach Hause
Und man bittet einen Gärtner der vorbeikommt
Aber er sagt Nein es ist zu spät
Und er stutzt die ersten Äste mit der Gartenschere
Wundert sich
Eine Weile später reißt der ganze Körper auf
Auch das Gesicht wird auf die Oberfläche des
    Kastanienbaums gespannt
Es wird zu Rinde
Man verholzt
Jaja
Bald weiß niemand mehr
Dass eines Morgens einer auf dem Weg zur Arbeit hier
    vorbeiging
Stehen blieb und
Eben

Retrospektive

Kürzlich lag ich morgens schweißgebadet quer und ganz verrenkt im Bett
Mir war in einem Albtraum klar geworden
Ich habe einmal einen zweiten Bildungsweg gemacht
Mitten zwischen einem ersten und dem dritten Bildungsweg kam plötzlich wie von nirgendwoher dieser zweite
Wie um Himmels willen konnte ich nur
Das weiß ich eben nicht mehr
Es ist lange her das ist schon klar
Und trotzdem
Dieser Schrecken
Die Vergeblichkeit
Warum habe ich den nicht ausgelassen
Das wäre kein Problem gewesen
Nach dem ersten einfach zack den dritten
Der war gar nicht abhängig vom zweiten
Nein
Der zweite war
Ich weiß gar nicht
Der war nutzlos
Und nach fünfundzwanzig Jahren liege ich noch immer wach
Winde mich in wüsten Krämpfen
Im Bedauern über was ich damals lernte

Lernen musste
Mit der listigen Didaktik wurde mir da
Furchtbar
Unauslöschlich
Ich könnte ganz normal ein Leben führen in der Gegenwart
Stattdessen schwärt für immer dieser zweite Bildungsweg
    in meiner sonst so trefflichen Vergangenheit wie eine
    Eiterwunde
Ich sollte einmal eine Fachperson aufsuchen und das
    Trauma löschen
In der Gruppe oder auch allein
Obwohl
So Therapien sind doch auch gefährlich
Da gehe ich besser mit dem Finger in die Steckdose

Motorik

Manchmal kommt man sich mechanisch vor
Als hätte man ein Schlüsselchen im Rücken
Damit geht man los am Morgen
Nachdem die Frau oder die Kinder einen aufgezogen haben
Man erledigt einen ganzen Arbeitstag wie automatisch
In der Regel kommt man durch
Und endet wieder gut zu Hause
Bis der Mechanismus fertig abgeschnurrt ist liegt man
    schon im Kistchen
War man aber nicht voll aufgezogen
Oder wenn der Tag zu lange dauert und der Abend
Oder die Mechanik klemmt
Kann es sein dass man auf einmal langsam wird
Und stehen bleibt
In letzter Zeit geschieht das öfters
Man hängt sich deshalb um den Hals ein Schild
Zur Sicherheit
Bitte ziehen Sie mich auf am Rücken
Ich komme dort nicht hin mit meiner Hand
Und vielen Dank
Ein wenig leidet man darunter
Dass man ohne Hilfe nicht mehr so zurechtkommt
    wie bisher
Je nachdem wo man stehen bleibt kann es dauern bis
    jemand den Schlüssel dreht

Bis sich jemand traut oder die Mühe macht
So lange steht man einfach still
In der Parkgarage
Auf dem Bahnsteig
Im Selbstbedienungsrestaurant
Oder abends spät am Straßenrand
Dort erschrecken die Passanten wenn sie einen plötzlich
    sehen halb im Dunkeln
Übrigens die batteriebetriebenen Spielzeuge
Die lachen einen aus
Schaut mal der
Den muss man mit dem Schlüssel
Doch auch damit lernt man leben
Man weiß sie brauchen keine Pausen
Brennen aber schneller aus

Reportage

Sagen wir ich hätte heute Lust die Unwahrheit zu sagen
Zur Abwechslung erzähle ich was nicht geschehen ist
Ich erzähle meine Zeit als Offizier
Ich lag auf einem Schlachtfeld
Es war Krieg
Und ich war mittendrin
Nur war ich früh gefallen
Schon die erste Kugel
Ehrlich
Die allererste Kugel die in diesem Krieg geschossen wurde traf mich
Nicht am Kopf
Auch nicht am Arm
Sondern ins Herz
Ich war hinüber
Bevor auch nur ein zweiter Schuss fiel war ich tot
Nun konnte ich die ganzen Kämpfe sehen
Ich hätte sie geradezu objektiv berichterstatten können
Ich lag zwar tot am Boden
Stand dann aber herzlos auf
Und schaute auf das Schlachtfeld
Bald kamen weitere Gefallene hinzu
Die zu mir hin standen
Mit demselben ruhigen Überblick über die Schlacht

Obwohl
Moment jetzt
Nein
Das stimmt nun eben nicht
Ich will es doch berichten wie es wirklich war
Ziemlich seltsam nämlich
Denn es gab sonst keine Toten in dem Krieg
Und keine Kämpfe
Schon nach dem ersten Schuss war Waffenstillstand
Ehrlich
Es war ein sehr kurzer Krieg
Jetzt kam der Frieden
Glocken läuteten im ganzen Land
Die Soldaten wurden abgezogen
Gaben ihre Ausrüstung zurück ins Zeughaus
Und versteckten sich in den Zivilberufen
Dort wo ich gefallen war hat später die Behörde eine Tafel angebracht
Hier kämpfte kurz und tapfer in der Schlacht um
Ja
Ein Vandale hat den Anlass weggekratzt
Und ich weiß leider auch nicht mehr wofür wir kämpfen wollten

Frühförderung

Wie schreibt man eigentlich Haus
Haus
Das schreibt man
Haus
Das ist einfach
Das schreibt man mit
Das Haus
Mit einem großen
Alle Substantive schreibt man
Oder klein
Ein kleines Haus
Oder mit ü
Das Hüüs
Das könnte auch
Und in anderen Sprachen schreibt man es eh anders
Und jemand würde sagen
Häuser schreibt man sowieso nicht
Häuser baut man
Das ist richtig
Trotzdem
Vor dem Bauen werden Häuser aufgeschrieben
Sie werden buchstabiert
Und deshalb sollte man schon wissen wie
Obwohl
Es gibt viele die keine Ahnung haben

In meiner Stadt zum Beispiel stehen Häuser die sind völlig
   falsch geschrieben
Man sieht es schon von außen
Die Wasaade
Das Tach
In den Wohnungen die Kükke
Schlaffzimer
Auf dem Boden das Bargett
Der Küllschrangg
Alles mangelhaft
Butz bröökelt von der Tecke
Man müsste alles mit dem Rotstift korrigieren oder ganz
   neu schreiben
Niemand will hier wohnen denkt man sich
Dabei sind die Wohnungen besetzt
Die Schreibfehler am Bau bewirken aber Störungen
Einige der Mieter stottern
Oder müssen morgens lachen ohne Grund
Die Kinder kratzen sich die Fingernägel an den Wänden
   blutig in der Nacht
Und machen in der Schule viele Fehler beim Diktat
Sie schreiben mit der Zitterschrift
Unsr Huus ist kross und schönn

Apéro riche

Gestern Abend war ich eingeladen
Wo war das noch
Ich stand in einem Wohnzimmer
Die Gastgeberin servierte ein Glas Wein
Sie war mir sympathisch
Wir setzten uns auf schwarze Stühle in der Mitte eines
    weißen Zimmers
Plauderten
Was war noch das Thema
An den Wänden waren keine Bücher fiel mir auf
Keine Bilder hingen dort
Noch sonst etwas
Nur vier Vitrinen standen da
Viereckig hoch und breit
Aus Glas
An jeder Wand eine Vitrine
In solchen stellen manche Menschen aus was ihnen etwas
    wert ist
Und was sie den Besuchern zeigen möchten
Porzellan aus Tschechien
Artefakte einer Reise durch die Anden oder Mongolei
Die Vitrinen aber standen voll mit klarem Wasser
Es gab keine Türchen
Auch zuoberst keine Öffnung
Nur gusseiserne Füsse auf dem Boden

Auf denen die Vitrinen standen
Was ist das für ein Wasser fragte ich
Ach das das ist
Sagte die Frau
Und lächelte den anderen Gästen zu
Die plötzlich auch mit Weingläsern im Zimmer standen
Wer waren die
Ich wusste es nicht
Ich hatte einen Abend nur zu zweit erwartet
Das Wasser ist
Vielleicht die Feuerwehr
Sagte die Frau und lachte wieder in die Runde
Und wie öffnet man das Glas
Gute Frage sagte sie
Magst du noch Wein

Die Kassenfrau

In einem Supermarkt in dem ich einkaufe sitzt eine Frau
Die kommentiert bei ihrer Arbeit an der Kasse meinen
    Einkauf
Sie sagt Hallöchen
Und beginnt meine Artikel zu scannen
Oho Rasierseife
Da fällt mir ein
Ich sollte meine Bluse aus der Reinigung abholen
Ja sage ich
Das sollten Sie
Sonst bleibt sie dort für immer
Wie bitte fragt sie
Nichts
Ich dachte nur
Was kaufen Sie denn da
Tabasco
Mögen Sie es scharf ich gar nicht
Ja sage ich
Scharf passt gut zu manchem
Und dann dieser Schimmelkäse
Unterbricht sie mich
Nein also wirklich
Den würde ich nicht kaufen
Sie steht ein wenig auf von ihrem hohen Stuhl auf Rollen
Streckt sich ganz minim

Und setzt sich wieder
Dazu singt sie ein paar Takte eines Liedes
Etwas über Fledermäuse
Oder Flieder
Genau verstehe ich es nicht
Na mein Herr
Wollen Sie denn gar nicht zahlen
Doch sage ich und lache
Und ich frage wie viel macht es denn
Weil ich den Betrag nicht sehen kann auf dem Display
Geben Sie mir einfach was Sie haben
Kleiner Scherz Verzeihung sagt sie
Und streckt mir beide hohlen Hände hin

Seemannsgarn

Gibt es heute Morgen Hörerinnen die auf hoher See
Dann rate ich Ihnen
Wecken Sie den Kapitän
Man glaubt ja dass auf Fahrten großer Schiffe durch die
    Nacht die Kapitäne auf den Brücken stehen
Ohne Müdigkeit
Dass sie in Ruhe die Befehle geben
Sturmerprobt
Den Blick gerichtet
Adlerartig
Aber stimmt nicht
Sobald die Sonne untergeht
Lassen sie das Steuer los
Rollen auf den Brücken ihre weichen Decken aus
Legen sich dort hin
Im Vertrauen auf den guten Lauf der Dinge seufzen sie
Und sinken tief in einen Seemannstraum
Morgens wenn der Hahn kräht
Also falls ein Hahn ist auf dem Schiff
Sind Kapitäne keineswegs in Eile
Nein
Sie blinzeln schläfrig
Strecken sich und gähnen
Stehen langsam auf

Schauen auf der Seekarte wie weit sie abgekommen sind
   vom Kurs
Oje
Dann nehmen sie das Steuer etwas in die Hand
Steuern ihr enormes Schiff ein wenig da und dort hin
Vielleicht an einen unbekannten Kontinent
Oder sie legen sich an Deck in einen Liegestuhl
Und schlafen weiter
Darum liebe Hörerinnen
Rate ich Ihnen
Wecken Sie den Kapitän

Überwachung

Es gibt Nächte da fühle ich mich verwanzt
Zu Recht wie man weiß
Wir leben zunehmend in einer Zeit der Überwachung
Alles wird gespeichert
Was wir sprechen
Wie wir uns benehmen
Wo wir sind
Tagsüber können das die Telefone
Kann es unser Netzverhalten
Und die Kombinierung aller Daten liefert dann ein ganzes Bild
So gibt es ein System das mehr weiß über uns als wir
Auch in der Nacht wird aufgezeichnet
Wenn wir zu Hause schlafen
Wenn die Apparate keine Daten liefern
Sind die Wanzen an der Reihe
Sie warten bis wir uns hinlegen
Bis unser Atem ruhiger wird
Dann kriechen sie hervor aus den Matratzen
Aus den Fugen
Legen uns die Fühler an die Wangen
Sie messen unsere Wärme
Zählen unser Herz
Sie glotzen unsere Träume an
Und übertragen alles an die große Mutterwanze

Die immer dicker wird
Und wissender
Deshalb zeige ich mich auch nachts von meinen besten
 Seiten
Ich schlafe schön gestreckt
Ich atme ordentlich
Ich träume gleich wie im Büro
Von Arbeit und von Vorwärtskommen

Eine meiner Schwächen

Ich spüre nichts im Voraus
Ich kann präzise sagen was geschah
Aber wissen was passiert in Zukunft
Einmal spürte ich am Abend
Morgen früh sind Krähen auf dem Dach
Nach dem Erwachen ging ich in den Garten um
    hinaufzuschauen
Aber keine Krähen
Stattdessen lag ein Riesenwurm da oben
Wand sich
Fiel herunter
Platschte in den Garten
Und grub sich in den Rasen
Gut
Ich ahnte nun
Von jetzt an ist ein Wurm auf meinem Dach
Am anderen Morgen aber standen Kühe dort
Sie erschraken als sie mich sahen
Rutschten auf den Ziegeln aus
Stürzten ins Gebüsch
Standen ungelenkig auf und rannten weg
Also prophezeite ich
Entweder sind Würmer oder Kühe auf dem Dach
Da waren es am dritten Morgen prompt die Krähen
Konnten aber nicht mehr fliegen

Kaum noch hüpfen
Sie fielen von der Dachrinne und blieben auf dem Rasen liegen
Da spürte ich mit Sicherheit
Am Morgen hat es Tiere auf dem Dach
Doch anderntags war gar nichts oben
Nur mein ganz normales Dach
Nein
Im Voraus wissen was geschieht
Es ist mir nicht gegeben

Erinnerung

Sie habe einmal Richard Gere gesehen
Hier am Bellevue
Nicht in diesem Café war das
Nein
Dort drüben
Sie habe gelesen
Da sei ein Mann hereingekommen
Habe seine beiden Koffer neben ihrem Tischchen stehen lassen
Habe sich dicht neben sie gesetzt
Sie angeschaut
Sie habe so getan als merke sie es nicht
Er habe sich noch mehr genähert
Und versucht zu sehen was sie lese
Das sei ihr dann zu viel geworden
Sie habe bezahlt
Sei aufgestanden und hinausgegangen
Er sei ihr gefolgt
Sie habe aber eine Tram bestiegen
Und sei ihm so entkommen
Die 4
Oder die 15
Nein es war die 4
Und in dem Moment als sie sich setzte sei ihr klar geworden
Das müsse Richard Gere gewesen sein

Blitzschnell habe sie sich umgedreht
Und gerade noch gesehen wie er ihr von draußen
    zugewinkt und zugelächelt habe
Da habe sie gesehen es war eindeutig Richard Gere
1993 war das
Oder
Doch
Im Sommer 93
Das wisse sie noch gut
Da drüben

Jahrmarkt

Sie hatte eben eine Bratwurst bestellt
Sie hatte sie sogar schon in der Hand
Und in der anderen ein Stück Brot
Und keine Hand frei
Um nach dem Portemonnaie zu greifen wie sie sagte
Später merkte ich sie hatte gar kein Portemonnaie
Sie hatte Hunger
Jedenfalls habe ich ihr die Wurst bezahlt
Und ein Getränk
Das habe ich gern getan
Und sie aß diese Bratwurst mit einer solchen
Als hätte sie seit Tagen
Und eine Zuckerwatte
Sagte sie noch mit dem letzten Zipfel Wurst im Mund
Gut
Gingen wir dahin
Und sie ließ sich eine Zuckerwatte drehen
Die war so groß
Dass es aussah als ginge eine rosarote Wolke zu Fuß über den Jahrmarkt
Und ich sagte ich würde ihr noch eine Blume schießen
An der Schießbude
Lieber eine Puppe sagte sie
Also gingen wir zu einer Schießbude
Und ich schoss ihr eine Puppe

Und als sie die schon in der Hand hatte
Bat sie mich die Puppe zu erschießen
Wie
Fragte ich
Erschieß die Puppe sagte sie
Der Schießbudenbesitzer musste die Puppe noch einmal an die Wand stellen
Wo soll ich denn
Sie sagte ins Gesicht
Also schoss ich der Puppe ins Gesicht
Nochmals sagte sie
Also schoss ich noch einmal
Nochmals rief sie
Und wurde ganz froh
Schieß ihr in den Hals
Schieß in die Beine
In die Arme
In den Bauch
Ja
Da schoss ich die Puppe kaputt
Das hat mehr gekostet als sie zu bekommen
Und sie freute sich so
Sie sagte die Puppe sei jetzt ihr Glücksbringer
Und ich
Ihr Schützenkönig

Am Finanzplatz

Gestern musste ich zur Bank
Mein Sparkonto ist klein
Gerade deshalb zieht es mich zum Hauptsitz
Ich betrat also die große Schalterhalle
Am Paradeplatz
Da bemerkte ich
Der Marmorboden dort war aufgebrochen
Überall wuchs Gras hervor
Und niemand störte sich daran
An den Wänden wuchs das Gras
An allen Schaltern
Die Angestellten bei der Arbeit
Redeten gedämpft mit ihren Kunden
Auf ihren Händen wuchs das Gras
Auf den Belegen die sie hin und her schoben
Eine Kundin drehte sich kurz um
Da sah ich ihr Gesicht war grasbewachsen
Ein Bürodiener kam mit einer teuren Gartenschere in die Halle
Er fing elektrisch aber leise an das Gras zu stutzen da und dort
Nicht in der Panik
Nicht in Eile
Nein
Mit Sorgfalt

Wie beim Rosenschneiden
Ich entschied mein Bankgeschäft am Automaten
   abzuwickeln
Als ich etwas Geld abheben wollte
Kam anstatt Bargeld Gras heraus
Ich roch daran
Und stopfte es in meine Mantelinnentasche
Eine Ziege stand jetzt plötzlich neben mir und sah mich an
Ich hob noch etwas Gras ab
Und gab es ihr zu fressen
Ohne mich umzudrehen ging ich aus der Bank
Überlegte was ich kaufen könnte mit dem Gras
Etwas juckte mich am Hals

Mein Befund

Gestern war ein Tag
Schon am Morgen war ich ganz im Lot
Es ging mir einfach gut
Alles stimmte
Ich wusste nicht mehr wer ich war und wo ich wohnte
Ich wusste nicht mehr wo es langgeht noch woher ich kam
Und ich war ohne Schuld
So war ich überzeugt
Mittags ging ich durch die Straßen einer Stadt
Und war mir plötzlich sicher
Hier
Und hier
Und hier
Ich klingelte an allen Türen
Doch die Menschen taten so als sei ich ihnen fremd
Ihr Irrtum amüsierte mich
Am Nachmittag ging ich hinaus aufs Land
Zielsicher auf dem Mittelstreifen
Ich durchwanderte die Dörfer und begrüßte viele Tiere
Abends schaute ich in den Himmel
Meine großen Worte hingen zwischen Sternen aufgehängt
Und ich wusste
Wenn die Zeit kommt fallen sie herab
Werden gefunden
Werden zu den großen Taten anderer

Doch wehe denen welche sie vor ihrer Zeit verstanden
Dann war es späte Nacht
Ich legte mich ins Gras
Und mir war klar
Noch besser kann das Leben nicht mehr werden

Doku-Soap

So sieht die Welt von Samuel Herrwegen aus
Er geht barfuß und in Anzug und Krawatte
Das Jagdgewehr hat er geschultert
Er jagt die Bären in der Stadt
Hat er jemals einen abgeschossen
Dafür gibt es keinen Hinweis
Er zeigt aber die angeblichen Einschusslöcher in den
    Hauswänden
Die stammen von den Kugeln seines Bärentöters wie er sagt
Manchmal säumen Hundeleichen seinen Weg
Weil er einen Anzug trägt ist Samuel Herrwegen meistens
    höflich
Ja
Er ist galant
Zuvorkommend
Er gibt Touristen Auskunft
Hilft Behinderten über die Straße
Bietet Stadtführungen an
Die aber niemand mitmacht
Er sagt er hat ein Netz von Spähern in der Stadt
Sie melden ihm wenn irgendwo ein Bär auftaucht
Dann pirscht er durch den Stadtteil wo die Meldung
    hergekommen sein soll
Weil er keine Schuhe trägt kann er sich leise anschleichen
Doch wie gesagt

Erlegte Bären konnte er bis jetzt nicht wirklich
Manchmal rennt er brüllend durch die Straßen
Beherrscht euch ihr
So schreit er dann in alle Richtung
Tiere
Tiere
Oder er versteckt sich tagelang im Kirchturm
Man kann nicht sagen dass er unbeliebt ist bei den Bürgern
Viele grüßen ihn
Und es kursieren allerlei Gerüchte
Einige nur wissen dass er einmal Prokurist war

Dezember

Als ich klein war
Acht
Neun Jahre alt
Kam bei uns zu Hause immer noch der Nikolaus
Ich wusste schon dass er nicht echt war
Ich sagte meiner Mutter
Du Mama
Hör mal
Das mit dem Nikolaus
Von mir aus ist das nicht mehr nötig
Ich weiß dass der nicht echt ist
Aber meine Mutter wollte das nicht hören
Sie sagte mir
Solange du in meinem Haus wohnst kommt der Nikolaus
Und basta
Und er kam
Und ich bereitete ihm ein Gedicht
Der Nikolaus stand im Wohnzimmer
Ich nahm einen Stuhl und stellte ihn neben den Nikolaus
Ich sagte ich möchte ihm mein Gedicht direkt ins Ohr sagen
Er war einverstanden
Also stieg ich auf den Stuhl
Und flüsterte ihm den Vers ins Ohr
Aber ich hatte noch etwas für ihn
Die kleine Schere aus Mamas Nähkästchen

Die steckte ich ihm ins Gesicht
Die Schere drang ihm durch die Wange in den Mund
War aber nicht schlimm
Man konnte das nähen
Es blieb nur eine Narbe
Der Freund den meine Mutter später hatte
Der hatte auch so eine Narbe
Aber das ist eine andere Geschichte

Weihnachten

Bei uns zu Hause wohnte eine Frau in einer Weihnachtskugel
Ungestört
Wahrscheinlich jahrelang
Bis wir sie entdeckten
An einem vierundzwanzigsten Dezember
Wir saßen um den Weihnachtstisch
Meine Schwester
Ich
Unsere Eltern
Auch Großmutter war da
Wie jeden Winter
Aus dem hohen Norden
Neben ihr am Boden lag unser Dalmatiner
Es gab Schweinerücken
Rotkohl
Und in Honig gebratene Kartoffeln
Plötzlich sah ich eine gelbe Kugel schaukeln im Geäst des Weihnachtsbaums
Der ansonsten feierlich und unbeweglich dastand
Schaut mal diese Kugel rief ich
Sie bewegt sich
Wir standen auf und gingen hin
Mein Vater brachte eine Taschenlampe
Zündete hinein
Jetzt sah man deutlich dass da drinnen jemand wohnte

Mein Vater nahm die Kugel ab vom Baum
Und legte sie auf den geschmückten Tisch
Da hauen wir jetzt drauf
Bestimmte meine Großmutter
Die eine Dame war mit viel Humor
Sie holte mit dem Soßenlöffel aus
Und schlug die Kugel die mit einem Knall zerbarst
Die winzige Bewohnerin lag tief erschrocken auf dem Tischtuch
Zwischen kleinsten Möbeln
Soßenflecken
Und den Scherben ihrer Wohnung
Sie rappelte sich piepsend auf
Rannte entsetzt über den Tisch
Über den Rand hinaus bevor wir reagieren konnten
Direkt ins Maul des Dalmatiners
Der den ganzen Abend schon auf Speisereste wartete
Brav
Sagte meine Großmutter
Und tätschelte zufrieden seinen Kopf
Dann brach sie in ihr ansteckendes Gelächter aus

Kita

Ich hätte Glück gehabt als Kind
So hieß es später
Meine Mutter arbeitete in der Firma mit der ersten
    Kindertagesstätte im Kanton
Die war in einem Estrich eingerichtet
Das war noch nicht wie heute
Aber immerhin
In diesem Estrich saß ein Mann an einem Schalter
Er lieh uns Kindern Spielzeug aus
Der Mann war etwas seltsam
Doch man fasste Mut und ging dahin
Was darf es heute sein
Fragte er mit listigem Gesicht
Nehmen wir an man wollte ein Spielzeug aus Holz
Aus Holz mit einer langen Nase
Gut
Der Mann stand auf
Ging nach hinten wo es düster war
Er öffnete den großen Käfig voller Regale
Wo das Spielzeug lagerte
Und überbrachte das Gewünschte mit den Worten
Vergiss nicht es zurückzubringen
Gut
Versprochen
Man setzte sich mit seinem Spielzeug in irgendeine Ecke

Oder ging hinunter in den Fabrikbetrieb
Um es jemandem zu zeigen
Abends brachte man es wieder in den Estrich
Pünktlich
Später hieß es ab und zu
Wer das vergessen habe
Sei manchmal eingeladen worden von dem Mann
Zu ihm hereinzukommen
Und in den Käfig eingesperrt
Wurde selbst ein Spielzeug
Ja
Da habe es einige erwischt

Guter Vorsatz

Ich habe jahrelang gelitten an der Prokrastination
Alles habe ich verschoben auf den nächsten Tag
Vor Kurzem aber habe ich beschlossen mich zu ändern
Lieber zu früh die Dinge machen als zu spät
Nur man lässt mich nicht
Gestern Vormittag zum Beispiel
Ging ich zur Polizei und brachte ihr 500 Franken
Ich hätte das Gefühl bald eine Straftat zu begehen
Im Verkehr
Oder auch sonst
Wahrscheinlich morgen Abend schon
Ich wolle darum meine Buße jetzt schon zahlen
Damit sie nachher nicht vergessen geht
Ich hätte nämlich die Tendenz gehabt
Verstehen Sie
Ein halbes Leben lang
Doch damit sei jetzt Schluss
Die Polizistin wollte nicht verstehen
Auch ihr Kommandant nicht
Den ich zu sprechen wünschte
Die gleiche Reaktion am Nachmittag
Bei den Verkehrsbetrieben
Obwohl ich sagte dass ich regelmäßig ohne Fahrschein
Im Zug
Im Bus

Es sei eine Frage der Zeit
Bis eine Horde Kontrolleure mich erwische
Aber nein
Ich durfte meine Buße nicht bezahlen
Was soll ich sagen
All die Jahre habe ich verschlampt
Und jetzt wo ich mich bessern will
Legt man mir Steine in den Weg

Meine Schwester

Sie ist nicht aus Holz
Das sage ich damit man weiß
Aber von allen Mädchen die ich als Kind gesehen hatte
War die längste und die dünnste meine Schwester
Am glücklichsten war sie im Zoo
Bei den Giraffen
Sie sahen sich auf Augenhöhe
Alleine stehen konnte meine Schwester nicht so gut
Mit ihren stelzendünnen Beinen
Sie kniete oft
Und kauerte
Um durch unser Dorf zu gehen hielt sie sich an Dächern fest
An den Kaminen
Wenn wir Verstecken spielten stand sie manchmal
    einfach still
Sie sah dann wie ein Telefonmast aus
Es kam vor dass ich mich hinter ihr vor ihr versteckte
Dann lachte sie mich aus
Später wurde sie noch länger
Sie durfte draußen schlafen
Zwei Minuten musste ich laufen
Um ihr gute Nacht ins Ohr zu flüstern
In der Schule war sie immer nur zum Teil anwesend
In der warmen Jahreszeit
Sie legte ihren Kopf ans Fenster

Der fortschrittliche Lehrer ließ es offen stehen
Ihr langer Oberkörper lag dann auf dem Pausenplatz
Ihre Hände wuselten im Sand nahe den Turngeräten
Ihre Beine zuckten auf der Fußballwiese
Unterrichtet werden machte sie nervös
Sie glaube nicht was da erzählt wird sagte sie
Es ist ein großer Trug
Und das Leben allgemein im Dorf
So wurde ich schon oft gefragt
Wie war das Leben mit den Nachbarn
Mit der Bevölkerung
Wie ging das zu und her
Nun ja
Da kann ich sagen
Man stolperte oft über sie
Und manchmal brach sie sich ein Bein
Dann trug sie einen langen dünnen Gips
Auf einem dieser lernte ich meinen Namen schreiben
Doch
Sie prägte einen Teil des Alltags in dem kleinen Dorf in dem wir damals wohnten
Alle wussten immer wo sie war

Mein Tier

Ich stehe da und atme ruhig
Ich schaue über weites Grasland
Ich weiß es ist mein Land
Weiß aber nicht warum es mir gehört
Vor mir fließt ein Fluss vorbei
Er ist nicht tief
Ich könnte ohne Gefahr hindurchwaten
Die Sonne scheint
Die Abendsonne
Ein paar Schafe weiden in der Nähe
Ich drehe mich um
Eine Fußspur führt von weit her bis zu mir
Aha
Das ist meine Spur
Ich habe diesen Weg gemacht
Ich schaue wieder Richtung Fluss
Vor mir am Ufer liegt ein großes totes Tier
Die Spur des Tiers führt von hier wo ich stehe
Nach dort wo es liegt
Aha
Das ist mein Tier
Es war in mir solange ich gegangen war
Und als ich stehen blieb
Ist es aus mir herausgekommen
Hat sich von mir fortgeschleppt

Mühsam offenbar
Hat sich erschöpft bevor es ganz ans Ufer kam
Ist eingebrochen
Hat sich hingelegt und ist
Jawohl
Verendet
Und ich stehe da
In meinem großen kargen Land
Ich atme ruhig
Ich werfe keinen Schatten

Gastfreundschaft

Was soll ich eine Wohnung mieten
Wenn ich Zutritt habe in der ganzen Stadt
Meine geheimnisvollen Schlüssel öffnen jede Tür
Ich gehe in die Wohnungen von Fremden ohne Furcht
    und Anliegen
Ohne böse Absicht
Zum Beispiel letzte Woche
Bei Familie Tortenlaib
Sie kamen nach Hause
Ich saß auf dem Sofa
Wir hatten uns noch nie gesehen
Was gibt es zum Abendessen fragte ich höflich
Frau Tortenlaib erschrak
Aber kochte etwas
Herr Tortenlaib gab sich jovial
Als hätte er mich eingeladen
Er glaubte wohl mich so in Schach zu halten
Dabei brauchte er sich nicht zu sorgen
Ich spielte mit den Kindern um es zu beweisen
Sie vertrauten mir spontan
Frau Tortenlaib richtete das Gästezimmer her
Ich dankte sehr
Am anderen Morgen war ich weg
Ich bleibe manchmal nur die halbe Nacht
Gestern bei Frau Elmiger zum Beispiel

Ich betrat die Wohnung als sie schlief
Ich deckte ihren Frühstückstisch
Am Morgen grüßte ich normal
Wie immer
Guten Morgen
Gut geschlafen
Der Kaffee ist fertig
Sie rannte wortlos aus der Wohnung
Vielleicht hätte sie Tee gewünscht
Ich ließ einen Zettel liegen mit der Frage
Heute Abend bin ich allerdings zu Gast bei Freunden
Das wird eine ganz normale Überraschung

Berichterstattung

Wir sind jetzt live verbunden mit unserem Korrespondenten direkt vor Ort
Guten Morgen
Was gibt es Neues zu berichten
Seit Sie vor zehn Minuten letztes Mal berichtet haben
Nichts
Nichts
Wie ungemein brisant
Sie sagen also nichts Neues ist tatsächlich passiert
Genau
Verstehe
Und sind Sie sich ganz sicher dass sich gar nichts Neues
Ja vollkommen sicher
Eine kleine Neuigkeit vielleicht
Etwas was man auf den ersten Blick prompt übersieht
Nein leider
Nicht einmal die kleine Neuigkeit
Die ich vor zehn Minuten schon berichtet habe
Die hat sich neu
Was ist geschehen
Nein
Wie ich schon sagte
Leider nichts
Aber
Irgendetwas Neues muss sich doch in zehn Minuten irgendwie

Ein Hauch vielleicht von etwas Neuem
Na ja
Ein winzig kleines bisschen hat sich schon
Ganz minimal etwas
Am Rand am äußersten
Kaum messbar zwar
Kaum sichtbar
Fast nur zu erahnen
Gar nicht eigentlich
Ah
Wie überaus interessant
Worauf warten Sie denn noch
Berichten Sie
Um Himmels Jesu willen
Lassen Sie uns teilhaben
Bevor wir hier vom Nichts verschlungen werden
Oder aus Verzweiflung unsere Finger essen

Monokultur vür vivianne

Einmal kannte ich eine Frau
Die aß nur Gurken
Ganz besessen war sie von der Speise
Und darauf festgelegt
Es war nicht möglich sie ein wenig näher
Sie verbrachte ihre Zeit auf einem Acker
Wo sie ihre Gurken züchtete
Ein großes Feld bestellte sie von sich aus
Den ganzen Tag blieb sie allein
Und konzentriert auf ihre Arbeit
Nie kam sie zu mir
Auch in der Nacht nicht
Sie blieb draußen in der Mitte ihres Ackers
Zwischen Gurken
Aß sie alle selbst
Tagsüber schritt sie ihre Pflanzenreihen ab wie ein Soldat
Abends machte sie ein Feuer
Und stellte einen großen Gurkeneintopf auf den Rost
Dann wachte sie die ganze Nacht über ihr Feld
Mit einer Lanze stand sie da im Mondlicht
Eine Wilde
Manchmal war ein Fuchs bei ihr
Wenn ich zu ihr hingehen wollte
Und sie etwas bitten
Zum Beispiel darf ich einen Teller Gurken mit dir essen

Fuchtelte sie mit dem Speer
Du Vielfraß
Was sollte ich da tun
Eines Abends
Als ich wie immer lagerte am Ackerrand
Mit meiner kleinen Hoffnung
Stießen große Vögel auf sie nieder
Und trugen sie davon

Vogelschutz

Die Fenster meiner Wohnung sind vergittert
Ich habe eine Vogelwildnis eingerichtet
Weil ich gelesen habe viele Vogelarten sind bedroht
Darum habe ich viele Vogelarten in der Wohnung aufgenommen
Es hat Erde in den Zimmern
Für den Pflanzenwildwuchs
Vögel mögen das
Das habe ich auch gelesen
Ich lasse Farne wachsen
Kleine Tannen
Efeu kriecht die Wände hoch
Und Moos liegt auf den Möbeln
Ich habe allerdings gelesen andere Tierarten sind auch bedroht
Also habe ich auch andere Tierarten in der Wohnung aufgenommen
Das trifft sich ideal mit der Erkenntnis
Dass in der Natur ein Gleichgewicht sehr wichtig ist
Neben Vogelarten wohnen Salamander in der Kammer
Kröten in der Küche
Libellen auf den Seerosen der Badewanne
Rüsselhündchen im Gebüsch des Schlafzimmers
Hyänen zur Beseitigung von Aas
Sogar ein Nashorn habe ich angesiedelt

Nur zur Miete allerdings
Einige der Vögel sitzen gerne auf dem Nashorn
Picken ihm das Ungeziefer aus der Haut
Jaja
Ich selbst habe mich in dieses Gleichgewicht ergeben
Ich habe meine Kleider ausgezogen
Habe mich mit Netzen ausgerüstet
Ein Falke hilft mir bei der Jagd
Wir warten auf den Steuervogt
Der Falke meldet seine Ankunft
Wenn er vor der Tür steht werfe ich mein Netz aus
Die Affen überfallen ihn
Und der Kakadu schreit
Mahlzeit
Mahlzeit

Der Waldrapp

Ein milder Frühlingsnachmittag in einer Stadt am See
Ich saß auf einer Restaurantterrasse
In der Nähe einer Voliere
Ich dachte an den Waldrapp
Den ich dort gesehen hatte
Von meinem Sitzplatz aus sogar noch immer sehen konnte
Vorhin stand ich vor dem großen Käfig
Und schaute mir den Waldrapp näher an
Warum wir Vögel gerne einsperren verstehe ich schon
    länger
Es ist eine Übertragungshandlung unserer eigenen
    Gefangenschaft
Ich verstand aber noch nicht das Ehepaar
Das neben mir den Waldrapp auch anschaute
Sie fragte ihren Mann
Was ist das für ein Vogel
Er sagte
Da steht es angeschrieben
Schau
Dort auf dem Schild
Er ging aber nicht hin um es zu lesen
Obwohl es kaum fünf Schritte weit entfernt war
Und sie ging auch nicht hin
Und las es auch nicht
Stattdessen überlegte sie

So schien es
Sagte dann
Das ist ein Geier
Ihr Mann schaute sie an
Nickte
Nahm sie bei der Hand
Sie gingen weiter
Irgendwie zufriedener als vorher
Ich trank inzwischen meinen Kaffee
Und verstand nun plötzlich doch was das für Menschen waren
Sie waren gleich wie ich

Sehnsucht

Viele Menschen haben eine falsche Antwort auf die Frage
Warum wir nicht fliegen können
Klar ist dass wir es nicht können
Ohne fremde Hilfe
Einfach abheben
Es geht nicht
Während aufrecht gehen auf der Erde
Das gelingt
Warum aber können Vögel fliegen und wir nicht
Wir sind doch verständiger
Von der Welt begreifen Vögel kaum etwas
Fliegen aber leicht und überblicken alles
Ja
Das sei wegen der Anatomie
So sagen viele
Die sich jedoch irren
Der Körperbau der Vögel habe sich angepasst
Der Luftdruck spiele eine Rolle
Die Schwerkraft
Auch die Selektion nach Darwin
Aber ist das die Erklärung
Nein
Nein
In Wahrheit können wir nicht fliegen weil wir keinen Schnabel haben

Wenn wir einen hätten ginge es ganz leicht
Deshalb binde ich mir morgens einen Schnabel um
Aus Karton
Mit einer Gummischnur
Ich klettere aufs Fensterbrett zum Hinterhof
Ich breite meine Arme aus
Und fliege kühn hinunter in den Garten
Ich hüpfe dort herum
Suche Würmer und Insekten
Meine erdgebundenen Nachbarn schauen heimlich zu
Hinter Vorhängen
Ich glaube sie beneiden mich

Nahrungskette

Wer frisst eigentlich die Aasgeier wenn sie tot sind
Kam mir als Frage neulich in den Sinn
Ich kannte zufällig eine Familie Geier
Und ging hin
Um sie für eine Antwort zu beobachten
Als ich ankam machte Mama Geier eben einen Anruf
Holly
Hallo
Ich bins Sally
Du ich muss dir mitteilen
Letzte Nacht ist Billy gestorben
Ja es tut mir auch sehr leid
Ein halbes Leben waren wir zusammen
Anyway
Ich wollte dir nur sagen
Wir essen ihn zum Frühstück
Kommst du auch
Wie schön
Wir freuen uns
Bis gleich
Ich schaute in den Himmel
Da kam Holly auch schon angeflogen
Sie landete in Geiers Garten
Billy lag ausgestreckt im Staub
Auf ihm hockte Sandy Geier

Sie hatte schon begonnen ihren Vater mit dem Schnabel
 aufzureißen
Kannst du warten bis wir alle da sind
Fragte Kelly
Ihr Ehemann
Die beiden hatten kürzlich erst geheiratet
Auf einer Abfallhalde
Jetzt hüpften auch die Nachbarn noch hinzu
Aber Sally jagte sie davon
Entfernt euch
Pack
Wir sind hier unter uns
Ich hatte meine Antwort
Und ging nach Hause

Der Storch

Vor Kurzem stand ich morgens frisch im Badezimmer
Der Spiegel zeigte einen Mann
Der kam mir irgendwie bekannt vor
Ich wusste nur nicht mehr woher
Ich fragte ihn so lange aus bis er zu Boden schaute
Da sah ich aus dem Abflussrohr des Lavabos schaute ein
    Storch heraus
Der lange Schnabel und der Kopf
Ich fragte ihn
Was machst du da
Ich überwintere
Sagte der Storch
Es ist der ideale Ort
Mehrmals am Tag kommt warmes Wasser
Mein Hals passt ideal in diese Rohrbiegung
Ich wollte mich auch gar nicht zeigen
Wenn mir nicht die Zahnpasta missfallen würde
Könntest du darauf verzichten bis ich weiterziehe
Ja gut
Ich kann die Zähne in der Küche putzen
Sagte ich
Ist sonst noch etwas
Ja
Sagte der Storch
Hast du Frösche

Ich weiß nicht
Sagte ich
Ich müsste kurz
Moment
Aha
Tatsächlich
In der Ecke hockte einer
Ich packte ihn
Der Storch öffnete den Schnabel
Ich ließ den Frosch hineinfallen
Danke
Sagte er mit vollem Mund
Zog sich zurück
Und war verschwunden

Verpasste Ziele

Was ich im Leben fast ganz sicher nicht mehr werde
Gefängnisdirektor
Akkordeonist
Akkordmetzger
Gerontologe
Zahnarzt
Meinungsmacher
Kindersoldat
Duftnoteningenieur
Italiener
Hochbegabt
Rundum zufrieden
Karpfenteichbesitzer
Die Waschfrau meiner Großeltern
Hund
Weltmeister in etwas
Kommandant
Kosmetikaverkäufer
Tänzer
Salzsäule
Mazurkakomponist
Herkules
Wetterfee
Algebrabuchautor
Ostgote

Shootingstar
Rennwagenfahrer
Kindergartenkommissionsmediator
Affenspezialist
Kronzeuge
Drei-Sterne-Koch
Träger des Beinamens Der Zerstörer
Scheidungskind
Unsterblich
Gassenjunge
Säbelzahntigerfutter
Professor für Semiotik
Gegner der Deutschen Einheit
Exorzist
Forensiker
Herr Präsident
Kameltreiber
Bürgermeister von Kandersteg
Vasco da Gama
Tristan und Isolde
Winkeladvokat
Getreidesilobauer
Dirigent
Eigernordwanderstbesteiger
Melchior

Erfinder der Cornflakes
Bauchredner
Stromsparer
Militant
Obwohl
Mal sehen

Piercing II

Ein später Nachmittag im Frühjahr

ER Ich gehe die Straße entlang
    Die Pension Oranienburg kommt vorbei
    Kommt mir bekannt vor
    Im Erdgeschoss der Pension hat das PIERCING OPEN
    Mir fällt die Frau auf die da drin ist
    Ich betrete das Geschäft
    Guten Tag
    Ich möchte
SIE Was
ER Ein Piercing
    Kaufen
    Also mitnehmen
    Ich meine machen
    Machen lassen
SIE Da sind Sie bei mir richtig
ER Fein
SIE Was wollen Sie für eines
ER Ich möchte ein Piercing mit einem Loch
SIE Ein Piercing hat immer ein Loch
ER Eben
    So eines möchte ich haben
SIE Logisch
    Aber wo

ER   Ach so
     Ich möchte das Piercing durch den Bauch
SIE Sie meinen am Bauchnabel
     So

Sie zeigt ihm ihr Bauchnabel-Piercing

ER   Nein
     Also doch
     Aber ich möchte das Piercing vom Bauchnabel
     durch den Bauch hindurch
     Zum Rücken

Er zeigt ihr die Stelle an ihrem Rücken

SIE Hey Pfoten weg
ER   Entschuldigung

Er zeigt ihr die Stelle an seinem Rücken

ER   So
     Von hier bis hier
SIE Wollen Sie mich ärgern
ER   Nein
     Warum

SIE	Das geht nicht
ER	Was geht nicht
SIE	Ein Piercing durch den Bauch geht nicht
	Da sind Organe
	Die braucht man
ER	Können Sie nicht zwischen den Organen piercen
SIE	Nein
	Und wenn ich es auch könnte
	Es würde nicht viel helfen
	Die Bauchhöhle verstehen Sie
	Man kann nicht einfach durch den Bauch mit einer langen Nadel
	Sie würden verbluten
	Oder an der Sepsis
ER	Verstehe
SIE	Na also
	Du willst doch nicht tot sein oder
ER	Sind wir jetzt per Du
SIE	Ich schon
ER	Ich nicht
SIE	Kauz

Kurzes Schweigen

ER	Warum sind Sie nicht verblutet

	Sie sind überall gepierct
SIE	Nur durch die Haut
ER	Die Haut ist auch Organ
	Die braucht man auch
SIE	Du bist wirklich schwer von Begriff
ER	Ja das
	Hat etwas
	Ein Geburtsfehler
SIE	Soso
ER	Ja
	Wir hatten eine schlechte Hebamme
	Ich glaube sie wollte mich
	Was weiß ich
	Es gibt aber Menschen die sind noch schwerer
	Also von Begriff
	Auch sonst gibt es schwerere klar
	Es gibt auch leichtere
	Darf ich fragen wie schwer Sie sind
	Nein Entschuldigung
	Das wollte ich nicht
	Geht mich ja nichts an
	Ich bin sicher Sie sind genau richtig
	Tja
	Jetzt sind wir völlig ab vom Thema
SIE	Willst du jetzt ein Piercing haben oder nicht

ER	Ja
SIE	Gut
	Kannst du haben
	Aber nicht durch den Bauch
	Mach eines durch die Nase für den Anfang
	Schau
	Das fühlt sich gut an

Sie lässt ihn ihr Nasen-Piercing berühren

ER	Also gut
	Für den Anfang
SIE	Alles klar
	Setz dich her

Er setzt sich
Sie bereitet das Nasen-Piercing vor

SIE	Und jetzt stillhalten
ER	Aua
SIE	Ich habe noch gar nichts gemacht
ER	Ach so

Sie will anfangen

ER	Ich mag Ihre Piercings
SIE	Ich auch
ER	Wollte ich noch sagen
	Bevor ich vielleicht sterbe
SIE	Hier stirbt niemand
ER	Hier nicht
	Aber nachher
	Jedenfalls Ihr Piercing
	Vor allem dieses hier
	Und das
SIE	Danke
	Habe ich selbst gemacht
ER	Klar
	Sie müssen sehr tapfer sein
SIE	Stillhalten

Er hält einen Moment lang still

ER	Was ich noch fragen wollte
SIE	Was denn
ER	Darf ich das Fleisch behalten
SIE	Was für Fleisch
ER	Das Stück Fleisch
	Das Sie mir wegnehmen
	Heraus

	Wie sagt man
	Schneiden
SIE	Du das Nasen-Piercing geht nicht durch Fleisch
	Nur durch die Haut
	Hörst du gar nicht zu
	Und ich schneide nicht ich schieße
ER	Also gut
	Das Stück Haut
	Das Sie aus mir herausschießen
	Ich möchte es
	Immerhin ist das ein Teil von mir
	Ich möchte es mitnehmen
	Zum Andenken
	Zum an die Wand oder so
SIE	Aber ich schieße nichts heraus
	Dir wird nichts fehlen
	Es gibt ein kleines Loch
	Die Haut weicht einfach aus zur Seite
ER	Schade
	Ich hab mich irgendwie gefreut auf dieses Stück
	Oder Haut
	Aber wenn es keines gibt
SIE	Darf ich dann
ER	Ja bitte
	Aber Vorsicht

Sie will endlich anfangen

ER	Es wird doch bluten oder
SIE	Ja Mann
	Ein wenig
ER	Dann möchte ich wenigstens das Blut behalten
	Als Andenken
SIE	Sicher
	Kein Problem
	Ich halte ein Stück Watte an dein Näschen
	Das darfst du nachher mit nach Hause nehmen
	Zum an die Wand hängen
	Oder in dein Album kleben
ER	Fein
SIE	Du bist so ein Fetischist
ER	Was hat man sonst um sich dran festzuhalten
SIE	Was machst du eigentlich im Leben
ER	Och
	Dies und das
SIE	Keinen Beruf
ER	Ja
	Manchmal
SIE	Hobbys
ER	Doch
SIE	Gesprächig bist du

Ein richtiger Wasserfall
Jetzt halt dich still

Sie versucht es noch einmal

ER Sie
SIE Was denn
ER Ich möchte doch kein Piercing
SIE Wie
ER Ich habs mir anders
    Um ganz ehrlich
    Ich wollte keins von Anfang an
SIE Herrgott wie du nervst
ER Ich möchte lieber
    Kaffee trinken
    Oder Wein
    Also mit Ihnen
SIE Dann sag das doch
ER Ich sag es ja
SIE Das stimmt
    Na
    Dann küss mich
ER Das will ich ja schon lange
    Aber Sie reden ständig
SIE Ich rede ständig

Das ist der Gipfel

Sie küsst ihn

SIE Du beisst
ER   Nein das stimmt nicht
SIE Du hast gebissen
ER   Also gut
SIE Du bist so ein Kauz
ER   Was hat man sonst um sich dran festzuhalten
SIE Ich werde das bereuen
ER   Reue ist fast immer Zeitverschwendung

Sie kippt einen Schalter an der Wand
Das PIERCING hat jetzt CLOSED

Informationen zum Buch

Die meisten der hier publizierten Texte entstanden als Radio-Kolumnen für die Morgenrubrik «Früh-Stück» auf SRF 2 Kultur. Einige sind auf www.spoken-word.ch als Audiotracks erhältlich, das komplette E-Book auf Download-Portalen.

«Feinnervig»: Stimmen zu Jens Nielsens Poetik

Mit Wortwitz und dramaturgischem Geschick, klug und feinnervig inszeniert Nielsen seine Moritaten des Alltags. Sie führen hart an die Abgründe heran, bürsten Denk- und Sehgewohnheiten konsequent gegen den Strich und sind überdies – oder gerade darum – ein erstklassiges Lesevergnügen. *(NZZ)*

Nielsens Helden sind Antihelden, die unentwegt beobachten, über Absurditäten stolpern, die Bedeutung von Wörtern, Sätzen und Vorgängen untergraben, scheinbar Alltägliches missverstehen oder zumindest nicht für selbstverständlich halten. *(Neue Luzerner Zeitung)*

Jens Nielsen ist der Autor, der einen in seinen Sprachstücken immer wieder an den Punkt führt, an dem sich Komik und Tragik Auge in Auge stehen, wo die Seltsamkeit amüsant Funken schlägt und das Lachen sich mit Verzweiflung mischt. *(Der Bund)*

Bereits erschienen

Band 2
Jens Nielsen
**Alles wird wie
niemand will**
Erzählungen
144 Seiten, 2. Auflage
ISBN 978-3-905825-14-5

Die Figuren in Jens Nielsens Geschichten scheinen mit ihrem Untergang keine grossen Schwierigkeiten zu haben. Dass alles wird, wie sie nicht wollen, scheint sie erst richtig zu beleben. In 16 absurd poetischen und tragikomischen Geschichten begegnen sich Männer und Frauen, ohne richtig aufeinander eingehen zu können.

Band 8
Jens Nielsen
**Das Ganze
aber kürzer**
Erzählte Texte
192 Seiten
ISBN 978-3-905825-39-8

«Mit Wortwitz und dramaturgischem Geschick, klug und feinnervig inszeniert er seine Moritaten des Alltags»: Was die NZZ über Jens Nielsens Buchdebüt schrieb, gilt auch für seinen zweiten Band in der «edition spoken script». In drei grossen, komisch-absurden Erzähltexten gerät jeweils ein Mann auf Kollisionskurs mit einer Welt, in der er weder zurechtkommt noch ihr etwas entgegensetzen kann.

Band 1
Guy Krneta Mittelland
Morgengeschichten, 180 Seiten
ISBN 978-3-905825-13-8

Band 3
Beat Sterchi Ging Gang Gäng
Sprechtexte, 156 Seiten
ISBN 978-3-905825-16-9

Band 4
Pedro Lenz Der Goalie bin ig
Roman, 192 Seiten, 7. Auflage
ISBN 978-3-905825-17-6

Band 5
Heike Fiedler langues de meehr
GeDichte/PoeMe, 168 Seiten
ISBN 978-3-905825-19-0

Band 6
Ernst Eggimann u ner hört
Gedichte, 144 Seiten, 2. Auflage
ISBN 978-3-905825-27-5

Band 7
Gerhard Meister Viicher & Vegetarier
Sprechtexte, 168 Seiten
ISBN 978-3-905825-33-6

Band 9
Franz Hohler Schnäll i Chäller
Lieder, Gedichte, Texte, 192 Seiten
ISBN 978-3-905825-42-8

Band 10
Michael Fehr Kurz vor der Erlösung
Siebzehn Sätze, 144 Seiten, 2. Auflage
ISBN 978-3-905825-51-0

Band 11
Heike Fiedler   sie will mehr
bild risse, 152 Seiten
ISBN 978-3-905825-56-5

Band 12
Michael Stauffer   Alles kann lösen
Schallerziehung, 232 Seiten
ISBN 978-3-905825-57-2

Band 13
Stefanie Grob   Inslä vom Glück
Sechs Auftritte, 168 Seiten
ISBN 978-3-905825-80-0

Band 14
Guy Krneta   Unger üs
Familienalbum, 168 Seiten, 2. Auflage
ISBN 978-3-905825-90-9

Band 15
Pedro Lenz   Radio
Morgengeschichten, 200 Seiten
ISBN 978-3-905825-92-3

Band 16
Nora Gomringer   ach du je
Sprechtexte, 160 Seiten, 2. Auflage
ISBN 978-3-03853-013-8

Band 17
Timo Brunke   Orpheus downtown
Lauteratur, 160 Seiten
ISBN 978-3-03853-011-4

Band 19
Beat Sterchi   U no einisch
Sprechtexte, 200 Seiten
ISBN 978-3-03853-020-6